中公文庫

紅の墓標

オッドアイ

渡辺裕之

中央公論新社

目次

登場人物紹介

【警視庁と防衛省中央特務隊の混合捜査チーム“特別強行捜査局”】

朝倉俊暉…………K島の駐在勤務を経て、警視庁捜査一課の刑事に復職後、“特別強行捜査局”特別捜査官

国松良樹…………元自衛隊中央刑務隊所属、三等陸尉

中村篤人…………元自衛隊中央刑務隊所属、陸曹長

佐野晋平…………元警視庁捜査一課十二係

野口大輔…………元高島平警察署刑事組織犯罪対策課

戸田直樹…………元サイバー犯罪対策課

影山夏樹…………元公安調査庁特別捜査官、フリーの諜報員

ヘルマン・ハインズ……NCIS（海軍犯罪捜査局）特別捜査官

紅の墓標

オッドアイ

フェーズ０：囮捜査

二〇二一年七月十二日、午前十時五十八分、バージニア州リッチモンド。

ウエスト・キャリー・ストリートとサウス・シェパード・ストリートとの交差点に古い一軒家を改装した〝ザ・デイリーキッチン＆バー〟がある。ほうれん草のスパゲッティやアボカドタコス、野菜添えライスなど、ビーガン料理を中心に健康食を提供するレストランだ。

レストランから百メートルほど離れたウエスト・キャリー・ストリートにフォードのフルサイズバン〝Ｅ－１５０〟が停《と》められていた。後部ウィンドウとバックドアの窓はすべてスモークフィルムが貼《は》られて車内を覗《のぞ》くことはできない。

後部荷台にはテーブルが設置されており、その上に通信機器とノートＰＣが載せられている。スーツ姿の二人の男が、ノートＰＣのディスプレーの映像を見つめていた。一人はラテン系でもう一人はアイルランド系である。二人ともズボンのベルトにＦＢＩのバッジを差し込んでいた。

映像には〝ザ・デイリーキッチン＆バー〟のテラス席や店内の様子が映し出されている。

「見ろよ。マイケルのやつは、いい席に着いたな。監視カメラの真正面だぞ。しかも、道路側から二つ目の席だ。わざとらしくない」

ラテン系の男が、テラス席に座った中国系の男を指さしてにやりとした。テラスには四人席が十二卓ある。監視カメラは歩道に立てられている街灯に設置されているが、テラス席は巨大な二つのパラソルで覆われているため奥の店側のテーブル席は監視カメラからは見辛《みづら》いのだ。

「あいつは市警にいたときも、潜入捜査や囮《おとり》捜査に就いていたプロだからな。誰にも疑われないし、誰よりも民間人に見えるさ」

もう一人の男が笑って頷《うなず》いた。

店の前にタクシーが停まり、中年の女性が降りた。

「ターゲットかもしれないぞ」

ラテン系の男の表情が強張《こわば》った。

「こちらアルファ1。ブラボー、チャーリー、デルタ、エコー、各チームは配置に付け」

アイルランド系の男が、無線機で指示をした。〝ザ・デイリーキッチン＆バー〟周辺に三チーム十八名のＦＢＩの捜査員が張り込み、二台の車とバイクで追跡するチームも含めて総勢二十六名の人員が配置されている。

タクシーから降りた女性は、交差点を渡って、リカーショップに入って行った。

「違うらしい。目印のサングラスもしていなかった」

ラテン系の男が、溜息《ためいき》を吐《つ》いた。

「焦ることはない。相手と連絡が取れるようになっただけでも捜査は進展しているんだ」

アイルランド系が、ラテン系の男の肩を叩《たた》いて笑った。

「腹減ったな」

ラテン系の男が腹を摩《さす》った。

「交差点の反対側の角にある店は、ほうれん草パイとターキーサンドが美味《うま》いらしいぞ。後でテイクアウトするといい」

アイルランド系が答えた。

「俺はビーガンじゃないんだ。ほうれん草パイはパスだが、ターキーサンドは美味そうだな」

ラテン系の男が手の甲で口元を拭《ぬぐ》って見せた。

監視映像のマイケルが、ポケットからスマートフォンを出した。

「マイケルに電話が掛かってきたぞ」

アイルランド系の男がラテン系に促すと、二人はテーブルに置かれたヘッドホンを耳に当てた。

――ハロー？

マイケルの声である。

――あなたは一人なのか？

女性の声だ。かなり緊張しているらしい。

――そうです。待ち合わせの午前十一時を過ぎていますよ。

マイケルは落ち着いた様子で答えた。

――どうして、テラス席にいるの？

女性は店が見えるどこかにいるらしい。

――あなたはニュースを見ていますか？　新型コロナの流行で店内の営業は自粛《じしゅく》して、テラス席のみの営業をしている店が多いんですよ。

――その席は、とにかく駄目よ。誰かに見られる可能性があるわ。別の日にしましょう。私は帰ります。

通話は切れた。

「捜査員は周囲の中年女性を探してくれ。だが、見つけても絶対に接触するな。発見次第、応援を呼ぶこと」

アイルランド系の男は無線機で呼びかけると、鋭い舌打ちをした。

フェーズ1：北の槍

1

二〇二一年八月十七日、午後四時五十五分。

朝倉《あさくら》俊暉《しゅんき》は、F－16戦闘機が滑走路に滑り込むように着陸する様を見つめていた。

青森県三沢《みさわ》米軍基地・第三十五戦闘航空団司令部の会議室であるが、着陸時の轟音《ごうおん》と窓ガラスを震わせる振動で戦闘機が巻き起こす爆風を感じる。

朝倉は警察庁と防衛省中央警務隊の混合捜査チーム〝特別強行捜査局〟、通称〝特捜局〟の特別捜査官である。彼は警視庁の警視正《けいしせい》と陸上自衛隊三等陸佐の二つの身分を同時に併《あわ》せ持つ日本で唯一の存在であった。

〝特捜局〟は警察では扱えない防衛省絡みの事件、あるいは防衛省の警務隊が扱えない民間の事件に同時に対処できる特殊な捜査機関である。その特殊性ゆえに米軍が絡む事件にも積極的に関わってきた。

とりわけＮＣＩＳ（海軍犯罪捜査局）が扱う事件で朝倉は実績を収め、今では協力関係にある。それがある意味あだとなり、朝倉は昨年の二月に局長のポストを降りて特別捜査官となり、現場に復帰していた。

ＮＣＩＳが捜査官として朝倉を自由にすべきだというクレームを日本政府に出したからで、降格ではない。その証拠に自衛隊の階級はそのままだったが、局長の時に警視だった警察官としての階級は警視正に昇格していた。

警察官は地方公務員であるが、警視正になれば国家公務員になる。自衛官は国家公務員なので、公務員としてのアンバランスは解消された。とはいえ朝倉本人は階級にはこだわらないので、現場に戻れたことをむしろ喜んでいる。

「まったく、いつまで待たせるんでしょうね」

少し離れた窓際に立っている中村《なかむら》篤人《あつと》が、滑走路をぼんやりと眺めながらぼやいた。元防衛省中央警務隊の捜査官で、特捜局捜査防課の主任である。

特捜局には警視庁捜査一課から引き抜いた十一人の元警察官から構成されている警課と、中央警務隊から出向してきた十一人の元警務官から成る防課の二つの捜査課があった。捜査方法や階級意識が所属していた組織で大きく異なるため、単純に二つに分けてあるのだ。だが、知識や技術の偏《かたよ》りをなくすため、捜査は混合チームを結成することになっていた。朝倉は副局長の肩書も持っているが、権限は局長と同レベルにあり、単独で動くことができる。また、事件ごとにチームを組むこともあれば、今回のように中村を相棒にして行動することも自由であった。中村は、防課では課長をしている中央警務隊出身の国松《くにまつ》良樹《よしき》三等陸尉《りくい》に次ぐ主任であり、厳しい訓練を経てレンジャー徽章《きしょう》も取得した猛者《もさ》でもある。

朝倉と国松と中村の三人は、釣りという共通の趣味を持ち、仕事以外でも付き合いがある。なかでも中村は、出張先にまで釣具を持ってくるほどの無類の釣り好きだ。最初のころは出張先に釣具を持参する中村を分別がないと叱《しか》っていたが、仕事はきっちりとこなすので今では黙認している。今回も釣具を持ち込んでいるに違いない。

「コロナのせいで色々と忙しいんだろう」

朝倉は欠伸《あくび》を噛《か》み殺して答えると、伊達《だて》眼鏡《めがね》を取って目を擦《こす》った。

陸自最強の特殊部隊特殊作戦群の隊員であった十数年前、演習中の事故で頭部を負傷した。後遺症で眼球中のメラニン色素が減少し、オッドアイ（虹彩《こうさい》異色症）という左右の目の色が違う異相である。ともすると凶悪な表情に見えることがあった。そのため、眼鏡をかけてオッドアイが目立たないようにしているのだ。

青森県の新型コロナ感染者数は、きわめて少数で推移している。米軍も三沢基地では米兵の外出を自粛させるなどの対策をしていたが、今月に入って感染者を出して慌てているようだ。平常業務ができなくなっているに違いない。

今回の出張は、捜査というほどでもない。三沢基地の米空軍の訓練状況を調べてほしいという青森県からの依頼である。そのため、朝倉と中村に緊張感はないのだ。

三沢基地は、一般的には三沢空港とも呼ばれており、航空自衛隊と米軍の第三十五戦闘航空団、それに民間航空会社も使用している。

滑走路は東西に三千五十メートル、米軍は滑走路の北側、航空自衛隊は南側、民間はターミナルビルがある南東側と棲《す》み分けはされていた。ただし、民間機の発着枠は一日最大七便と限られているので、実質的には軍用空港と言っても過言ではない。そもそも、米軍が日米地位協定第三条に基づいて管理しているので、民間は間借りしているようなものだ。

今に始まったことではないが、三沢基地に駐留する米空軍は、軍民共有である空港が混雑しているとして、海上自衛隊の八戸《はちのへ》航空基地を利用することもある。また、訓練中の航空機にトラブルが発生した場合は、青森空港や函館《はこだて》空港にまで事前の許可なく緊急着陸するため、地元ではたびたび問題になっていた。

青森県では、これまで米軍三沢基地司令官及び東北防衛局長に要請だけでなく再三苦情を申し入れてきた。だが、改善される様子はないため、政府に陳情したそうだ。政府は米軍に強く言えないため、特捜局に調査を命じることで間接的に訓練の自粛をさせようという魂胆らしい。

「空軍は、訓練の詳細記録と今後のスケジュールを開示してくれますかね？　この分では日が暮れてしまいますよ」

中村の丸まった背中が、黄昏《たそが》れている老人のようだ。まったく覇気がないのは、早く仕事を終わらせたいからだろう。

「日が暮れても大丈夫なんだろう？」

朝倉は曖昧《あいまい》に尋ねた。

「えっ、もちろんです。夜釣りなら、三沢漁港がいいですね。メバルが釣れると思いますよ」

中村は餌《えさ》に食いついた魚のように勢いよく姿勢を正して答えた。

「何がメバルだ。俺は晩飯のことを言っているんだ」

朝倉はシルバーグレーの左目を見開いた。

今回の任務を知らされたのは午前十一時を過ぎており、昼飯は東北新幹線で移動中に弁当を食べている。だが、弁当は腹持ちが悪いのですでに腹が減っていた。打ち合わせが長引けば、ただでさえ大きな街ではない三沢では、新型コロナの流行も手伝って食事ができる場所は極端に少ないだろう。コンビニの弁当というのは避けたいのだ。

「えっ、いえ、私はてっきり……」

中村は口をぱくぱくさせている。釣り道具を持ってきたということだ。まったく、からかいがいのあるやつだ。

「まさかとは思うが、俺の分まで用意してきたのか？」

朝倉は腕組みをして尋ねた。

「もちろんです。あたりまえでしょう」

中村は胸を張って答えた。質問がまずかったらしい。何も悪いことはしていないとでも言いたいのだろう。

「仕事が終わったら、付き合ってやる。その前にホテルにチェックインして、晩飯を食ってからだがな」

特戦群で食料は一切なく、水と塩だけで過酷なサバイバル訓練をした経験があった。だが、それも昔の話である。今は、腹が減って苛々《いらいら》しているのだ。

ドアがノックされ、マスク姿の白人の空軍将校が入ってきた。司令部広報の将校である。

「大変、お待たせしました。ノーラン・クラップ少佐です」

クラップは軽く敬礼すると、椅子《いす》に座るように勧めた。握手は、時節柄割愛である。

「私は朝倉特別捜査官、彼は部下の中村捜査官です」

朝倉は同じく軽く敬礼を返すと、長テーブルを挟んでクラップの対面に座った。

2

午後七時五十分、三沢市中央町《ちゅうおうちょう》。

朝倉はメキシコ料理の店で、エンチラーダを食べながらコロナビールを水代わりに飲んでいた。

ホテルは六百メートルほど離れたビジネスホテルにチェックインしている。

「この店、なかなかいけますよ。おかわりしてきます」

向かいの席でタコスに舌鼓を打っていた中村が、席を立った。

三沢飛行場の南東にあり、食べ放題の店で大人千八百円と良心的な値段である。米軍基地で打ち合わせをしたクラップ少佐が是非《ぜひ》と勧めるのでやってきたのだ。

クラップが朝倉らを待たせたのは、やはり新型コロナの対応に追われていたからだった。数日前に三沢基地に到着した米政府のチャーター機で、三人の陽性者が出たらしい。一人は基地の外に出ていたので、三沢市にも連絡したそうだ。打ち合わせどころではなかったのだろう。

朝倉の要請により、クラップはこの一年間の訓練と緊急着陸など訓練時のトラブルの記録をＵＳＢメモリで提出した。朝倉らは政府の依頼で来ているため、クラップは司令部のサーバーからすぐさまダウンロードしたのだ。これらの記録は県にも提出されているが、再提出させたのは記録に漏れがないか改めて確かめるためだ。データは、局のＩＴ課の主任である戸田直樹《とだなおき》にメールで送って確認させている。

さらに、緊急着陸した機体の故障の原因と修理状況を詳しく記載した書類の提出も求めていた。軍用機の故障の原因が、緊急着陸するための正当な理由かを調べ、パイロットが安易に民間空港を使用していないかを調べるためである。緊急着陸の度に民間空港は閉鎖を余儀なくされ、大きな損失を出していた。本来なら補償問題だが、米軍は地位協定により守られている。

クラップは渋い表情で、明日までにデータを揃《そろ》えると約束した。ただし、データを全て提出するかは保証できないと言われている。データを提出できない事故は、緊急着陸の必要性がなかった可能性があるということだ。情報の提供を拒絶することでうやむやにするつもりなのだろう。

「おかわりしないんですか？」

トルティアチップとタコスを載せた皿を手にした中村が、戻ってきた。

「充分だ」

朝倉はエンチラーダを平らげ、タキトゥスを食べている。ひき肉をコーントルティアで細く巻いて揚げた物だ。メキシコ料理は嫌いではないが、量は多く取らなかった。なぜか腹は満たされているからだ。青森まで来たので、今日は海鮮料理が食べたいと思っていたため食欲が削《そ》がれたのかもしれない。

「ところで、三沢基地は、厚木《あつぎ》基地より大きい本州最大の米空軍基地ですよね。それに軍用機の発着も多いのはどうしてですか？」

中村はトルティアチップを頬張《ほおば》ると、オレンジジュースで流し込んだ。JR八戸駅近くでレンタカーを借りていた。中村は車の運転があるので、アルコールは控えている。もっとも、アルコールに強くないため、さほど興味はないらしい。

「米国本土から米軍機を日本国内や韓国などの極東に移動させるには、アラスカ基地から北太平洋を横断し、三沢基地を経由する。三沢基地は極東の玄関口と言っていいだろう。それに、ロシアや北朝鮮に対する重要な拠点のため、〝北の槍《やり》〟とも呼ばれている。だから、軍用機の発着も多い。自衛官だったら常識だぞ」

朝倉は淡々と説明した。

「私は陸自出身ですから、空自のことには疎《うと》いんですよ」

中村は屈託なく笑った。この男は言葉だけでなく、睨《にら》みつけないとこちらの意を解さないのだ。

「馬鹿野郎。俺たち特捜局は、陸海空の自衛隊どころか警察の枠すら取《と》っ払《ぱら》った組織なんだぞ。知識がありませんでどうする」

朝倉は右手で摘《つま》んだタキトゥスを中村に向けた。

「あれっ？　怒ってます？」

中村は首を傾《かし》げた。この男の妙な空気の読めなさに苛立つことがある。

「怒る気にもなれない。飯を食ったら、ホテルに戻るぞ」

朝倉はタキトゥスを二口で食べると、ビールを呷《あお》った。

「えっ、ここから漁港に直行するんじゃないんですか？」

腰を浮かした中村は、出入口を指さした。釣具は車のトランクに積んである。ホテルはチェックインしてあるので、戻る必要がない。このまま夜釣りに行くというのは暗黙の了解ではあった。

「緊急着陸の正当性を検証するための資料は、明日もらうことになっている。仕事の終了は明日ということだ。俺は『仕事が終わったら付き合う』と言ったよな」

朝倉は首を横に振った。食後に漁港に行くつもりだったが、ここで夜釣りに行ったら中村を甘やかすことになる。

「そっ、そうですよね。仕事が終わるのは明日でした。資料を受け取った後のスケジュールはどうなりますか？」

中村は言葉を選んだ。以前なら米軍から資料を受け取った後、八戸駅に向かう途中で釣りに行くべきだと主張しただろう。少しは成長したようだ。

「資料を受け取ったら、本部に戻る。それだけだ」

朝倉は冷たく言い放った。妥協するつもりはない。

「とっ、当然ですよね。釣りなんてもってのほかですよ」

中村は笑顔を引き攣《つ》らせて言った。

ジェット機の轟音が響いた。

朝倉は腕時計を見た。午後八時五分になっている。

「すごい騒音ですね。この時間に夜間訓練ですか？」

中村も腕時計を見て小首を傾げた。通常の運用時間は午前七時から午後八時までとなっている。

「米軍の夜間訓練だろう。八月十七日から八月二十日まで、訓練時間の繰り下げが通達されていた。訓練時間に問題はない。だが、かなり響いたから低空飛行だったのだろう。しかも、飛行コースから外れている可能性もある」

朝倉はレストランの店内を見回した。大半の客は戦闘機の轟音を聞いて平気な顔をしているが、不愉快そうな顔をしている客もいる。ほとんどの客はこの手の騒音には慣れているらしい。

三沢基地から十六キロ北に位置する天ヶ森《あまがもり》に対地射爆撃場がある。第三十五戦闘航空団のＦ－１６だけでなく、空自三沢基地のＦ－２、Ｆ－４ＥＪ改が射撃や模擬弾による爆撃訓練で使用していた。

「基地に戻るぞ」

朝倉は席を立った。数時間前まで訓練の適正について米軍側から話を聞いたばかりにもかかわらず、無視できないような騒音を出されては堪《たま》らない。

「了解です。文句を言ってやりましょう。クラップ少佐にアポを取ります」

中村は顔を引き締めて答えた。

3

午後八時五十分、三沢漁港。

朝倉は護岸に立ち、暗い海に向かってロッドを軽く振った。

ジグヘッドと呼ばれる錘《おもり》に釣針が付いた仕掛けを使っており、餌はオキアミである。三グラムのジグヘッドでもキャストすればそこそこ飛ぶが、あえて足元を狙《ねら》う。ジグヘッドが海底に着くまでゆっくりと落とす。落ちたかどうかは、手応えで感じるのだ。

ロッドを軽くシャクってはジグヘッドを落とす。アタリをみながら、リールを巻いて再びキャストする。アタリがなければ、針のオキアミの状態を確認しなければならない。いつの間にかオキアミが食われていることもあれば、海水に浸《つ》かりすぎて鮮度がなくなっている場合もある。オキアミを交換して再びキャストするのだ。

「あっ！　アタリがありましたよ」

数メートル離れてロッドを振っていた中村が、奇声を上げた。

港にやってきて二十分ほど経《た》つ。二人ともメバル属のクロソイが、一匹ずつ釣れている。

十五センチほどの小物ですぐにリリースした。

メキシコ料理の店を出て米軍三沢基地に行くつもりだったのだが、クラップ少佐に取り次いでもらえなかった。電話に出たのは夜勤の軍曹で、部外者は夜間に理由もなく基地に入れないとそっけなく断られた。米軍の無謀な訓練を追及しようと息巻いていたが、出端《でばな》を挫《くじ》かれたのだ。

レストランの駐車場で車に乗ろうとすると、中村が餌に使う冷凍オキアミをどこで廃棄したらいいかと聞いてきた。それはもったいないと、仕方なく漁港に来たのだ。中村の策略にあえて乗ったのだ。

「おっ」

アタリを感じた朝倉は、夜釣り用のヘッドライトを点灯させてリールを巻いた。なかなかの引きである。海面からイキのいい魚が現れる。二十五センチオーバーのクロソイだ。港の護岸でこれほどの大物にお目にかかれるとは思っていなかった。

「朝倉さんのは、でかいですね」

中村が針を外したクロソイを見せにきた。二十センチほどの大きさである。

「まあな」

朝倉は鼻先で笑うとクロソイを針から外し、膝《ひざ》をついて海にそっと逃がした。

クラップ少佐に会えなかったのは、夜勤の軍曹が単純に夜間を理由に取次を拒否したからなのかは疑問である。朝倉が米軍へのクレームのために動いているので、会いたくなかったのかもしれない。朝倉は今も自衛官としての身分を持っているので、彼の立場はそれなりに理解できた。だが、軍用機の脅威にさらされている民間人の気持ちはそれ以上に分かっている。それだけに、朝倉は会って直接文句を言いたかったのだ。

「次は負けませんよ」

中村はクロソイをリリースすると、自分のロッドを握った。

「競争じゃないぞ」

朝倉は釣針にオキアミを仕込むと、再びキャストする。ジグヘッドが海底に到着するとロッドを軽く振ってシャクり、餌のオキアミが生きているように動かすのだ。無心になれる瞬間である。

特捜局が米軍とのトラブルに対処することは、これまでもあった。うまく対応できる時もあったが、日本の捜査機関としての無力感を味わうことの方が多い。今回もおそらくそうなるだろう。今は釣りをすることで、その憂さを忘れるつもりだ。

ロッドがしなる。さっそく引っ掛かったようだ。

釣りはタイミングと運が重要である。駄目な時はまったく釣れないし、一匹釣れれば、あとは入れ食いとなることもある。今日は後者のようだ。釣りの神様が、哀れな二人に味方してくれているのかもしれない。

「ほお」

海から上がったクロソイを引き寄せた。先ほどよりは小さいが、二十センチはあるだろう。朝倉は優しくリリースすると、ジグヘッドをラインから外し、リールを巻いてロッドから取り外した。

「ちょっと、待ってください。もう、帰るなんて言わないでくださいよ」

中村が慌てて近寄ってきた。

「おまえは、釣りをしていろ。俺は充分、クロソイに遊んでもらった」

朝倉は笑って答えた。Ｋ島に駐在警察官として勤務していた頃は、釣った魚はすべて捌《さば》いて食べるか、同僚に配った。食べないのなら、二、三匹もヒットすれば充分だろう。

朝倉は北の夜空を見上げた。

航空機の航行灯が、次々と三沢基地の上空から消えて行く。米軍戦闘機が対地射爆撃場から帰還したのだ。腕時計を見ると午後九時二分になっている。最後に三沢基地の滑走路に着陸した戦闘機は九時を三分ほど過ぎていたようだ。

「ご帰還ですね」

中村が隣りでしみじみと言った。この男も米軍に深い憂慮をしているが、口に出すことは滅多にない。諦《あきら》めているのだろう。

「そのようだな」

朝倉は溜息を吐いた。

「ホテルに戻りましょうか」

中村が肩を落として言った。釣りで憂さ晴らしする気も失せたらしい。

「そうするか」

朝倉は中村の胸を拳《こぶし》で軽く押した。同時にポケットのスマートフォンが呼び出し音を上げた。

画面で相手を確認した朝倉は、英語で電話に出た。

「久しぶりだな。元気だったか？」

――いつも通りだ。外出中か？

渋い男の声が親しげに話しかけてきた。ＮＣＩＳ本部副局長のヘルマン・ハインズである。これまで米海軍絡みの事件で、何度も一緒に仕事をしてきた。個人的な付き合いもあり、ＮＣＩＳ本部があるバージニア州クワンティコの近くにある彼の自宅に招かれたこともある。

昨年も横須賀《よこすか》で起きた海兵隊員の連続殺人事件で、朝倉は彼の部下とともに横須賀だけでなく米国まで捜査に出かけている。犯人は、米兵に村を殲滅《せんめつ》された元イラク兵だった。だが、真犯人は復讐者《ふくしゅうしゃ》を陰で操っていたロシアの諜報員《ちょうほういん》だったのだ。朝倉は事件を解明し、真実に迫った。だが、銃撃戦の末に元イラク兵とロシアの諜報員は共に死亡し、捜査は終了している。

「出張先で、夜空を見ていたところだ」

——相変わらず、おかしなことを言うやつだ。

ハインズは低い声で笑った。向こうの時刻は午前八時頃だろう。出社の時間には早いので、自宅からかけているのかもしれない。

「事件か？」

早朝に用もなく電話をかけてくるとは思えない。

——君があまり忙しくないといいと思ってね。

「探りを入れているのか？　まあ、忙しいというほどでもないがな」

朝倉は右手のロッドを見て苦笑した。

——いや、それならいいんだ。そのうち君の手を借りるかもしれない。いまのうちに特別捜査官をリザーブしておこうと思っただけだよ。

ハインズがまた笑った。電話では話せない、かなり複雑な事件を追っているのだろう。

「分かった。いつでも相談に乗るよ」

——ありがとう。いつもすまないな。

ハインズは通話を切った。

「帰りますか？」

中村が尋ねてきた。電話をかけている間に釣具を片付けたようだ。

「そうしよう」

朝倉は頷くとロッドを中村に渡した。

4

バージニア州クワンティコ、ＮＣＩＳ本部、午前八時五分。

朝倉との通話を終えたハインズは、立ち上がるとスマートフォンをズボンのポケットに押し込んだ。館内にあるダンキンの店でコーヒーとベーグルサンドを買ってくるつもりである。

執務室を出たハインズは、エレベーターホールに向かった。廊下は静まりかえっている。夜勤の職員もいる二十四時間体制なのだが、この時間に出勤している職員は少ないのだ。運動不足解消のため、エレベーターホールの非常階段を一階まで下りた。

「おはようございます。ミスター・ハインズ」

廊下ですれ違った顔見知りの警備員が、笑顔で挨拶《あいさつ》してきた。

「おはよう。グレッグ」

ハインズは軽く右手を上げて微笑《ほほえ》んだ。

廊下を進み、ダンキンのカウンターの前に立つ。路面店とは違うが、カウンターの上に〝DUNKIN' DOUNUTS〟という看板が出ているのは同じだ。

　カウンターの横には、木製の洒落《しゃれ》た四脚の椅子が並べられたテーブルが設置されたスペースがある。また、カウンターと反対側の壁際には、ジュースとチョコバーの自動販売機が置かれていた。休憩室になっているが、ちょっとした打ち合わせにも使われるエリアだ。

「Lサイズのブラックコーヒー、それにベーコンエッグ&チーズのベーグルサンド、テイクアウトでね」

　ハインズは注文しながらドーナツのメニューをチラリと見た。カラフルなチョコチップが載ったドーナツについ目が行ってしまうのだ。ダイエットしているわけではないが、朝食代わりにドーナツを食べると、最近胃がもたれるのだ。

「ドーナツは食べないのかね？」

　背後から声を掛けられた。

「ドク、随分と早い出勤ですね」

　振り返ったハインズは、度の強い眼鏡をかけた男を見て目を丸くした。鑑識ラボの責任者、ライアン・フェルドマンである。博士号を持ち、監察医としても活躍しているので、ドクターをもじってドクと呼ばれているのだ。

「私はいつもと同じだよ。紅茶とクロワッサン、それにドーナツを一つだけ注文し、ラボで朝食を食べるんだ。君こそ、早いな。待てよ。髭《ひげ》を剃《そ》っていないようだが、まさか徹夜したんじゃないだろうね」

フェルドマンは上目遣いで首を捻《ひね》ると、右手の甲で銀縁眼鏡のズレを直した。

「昨日から仕事をしているだけですよ」

ハインズは肩を竦《すく》めると、自分のＩＤカードで支払いを済ませ、コーヒーとサンドイッチが入れられた紙袋を受け取った。

「それを徹夜と言うんだ。ドイツ系は冗談なのか英語をよく理解していないのか分からないよ」

フェルドマンは首を横に振った。

「冗談だよ。ドク」

ハインズはフェルドマンの肩を叩くと、エレベーターホールに向かった。

スーツ姿の白人男性と黒人男性の二人が、エレベーターを待っている。

「おはようございます。チーフ」

白人男性が明るく言った。ハインズが現場で働いていたころからの部下であるアラン・ブレグマンだ。そのため、彼は未《いま》だにハインズをチーフと呼ぶ。

「おはようございます。ハインズ副局長」

ラテン系の黒人男性が生真面目《きまじめ》に挨拶した。ブレグマンの部下であるロベルト・マルテスである。ブレグマンは四人の捜査官を率いるチームのリーダーなのだ。

「朝早くから呼び出してすまなかった。二十分ほど早いがな」

ハインズは腕時計を見て苦笑した。朝食はお預けらしい。彼らとは午前八時半に執務室で打ち合わせすることになっていたのだ。

執務室は十六平米ほどの広さに机と椅子、それに書類棚とシンプルで、ソファーはないが来客用の肘《ひじ》掛《か》け椅子が二脚ある。

ハインズが自分の椅子に座ると、机を挟んでブレグマンとマルテスが肘掛け椅子に腰を下ろした。

「三日前、ＣＩＡ経由でＮＳＡ（国家安全保障局）から、中国人民解放軍海軍に米軍原潜《げんせん》の情報が漏れていると報告があった。現地のＣＩＡ局員が、人民解放軍の内通者から情報を得たそうだ」

ハインズは沈鬱《ちんうつ》な表情で話し始めた。原潜とは原子力潜水艦のことである。

「ちょっと待ってください。すでにデータは中国に渡っているというのなら、盗まれたのは最近の話じゃないということですね」

ブレグマンは険しい表情で尋ねた。

「盗まれた情報は、原子力推進装置のごく一部のデータだそうだ。幸いと言えるのかは分からないが、最新の技術ではない。情報を売った者も買った方も、それは分かっていた可能性が高い。ＣＩＡの話では、まずは簡単な情報を売買することで信頼関係を築き、併せて接触手段の安全性を確認する中国スパイの常套《じょうとう》手段らしい。今のところ実害はないようだが、機密情報が漏れたことに変わりはない。だが、このまま放置すれば、いずれ重要な機密情報が漏れるのは目に見えている」

息継ぎもしないで一気に話し、ハインズは短い息を吐き出した。

「極秘情報を扱うだけに、この件で局長は私に全権を委《ゆだ》ねた。君のチームを専任とする。今、抱えている事件は、他のチームに任せてくれ。それから、私も今回に限って現場に復帰するつもりだ」

ハインズはブレグマンとマルテスを交互に見た。

「チーフが、現場に？」

肩を竦めたブレグマンが、マルテスと顔を見合わせた。

「情報漏洩《ろうえい》ルートは、複数考えられる。というか、実際、中国はあらゆる手を尽くして情報を得ているのだろう。すでに国内のルートはＦＢＩが追っている。我々は出遅れているのだ。そもそも海軍の事件だぞ。我々で解決しなければならないんだ」

ハインズは拳を握りしめた。

フェーズ2：防衛省

1

八月二十日、午後二時十五分、防衛省C棟。

朝倉は自分のデスクで、三沢出張の報告書をパソコンに打ち込んでいた。

出張からは一昨日《おととい》の夕方に戻っていたのだが、昨日と今日の午前中は幕僚監部に勤務していたため作業ができなかったのだ。

自衛官は三佐になると、幹部自衛官となるべく防衛省にある幕僚監部での勤務を命じられる。幕僚監部と全国の部隊とを行き来して指揮官としての経験を積み、階級を上げて行くのだ。

朝倉は階級にこだわりはなく昇級も望んでいないのだが、仕方なく命令に従っている。

そもそも三佐になった理由は、特別強行捜査局の局長としての資格は三佐以上という防衛省が作成した規定があったからだ。

局長を降りて特別捜査官となった今は、一等陸尉に降下させて欲しいとさえ思っている。だが、捜査をする上で階級は役に立つのも事実なので渋々命令に従っているのだ。もっとも、防衛省も特別強行捜査局は自衛隊とは組織が違うため、幕僚監部での勤務形態も通常の自衛官と変えている。朝倉だけ特別枠で、捜査に支障をきたさないように考えられていた。

「うん？」

朝倉は、パソコンのキーボードから手を離した。デスクの前に中村が立っているのだ。マスクをしているが、にやけた表情であることは分かる。

特別強行捜査局といっても、局長室が別室になっているだけで、朝倉も含めて捜査課も事務も大部屋をパーテーションで仕切ってエリアを分けてあるだけだ。朝倉のエリアは他よりも背の高いパーテーションが使われており、部屋のような空間になっていた。だが、ドアがあるわけではないので、自由に出入りはできる。

「朝倉特別捜査官、お客様がお見えです」

普段はさん付けだが、中村はわざとらしく言った。

「客？」

朝倉は首を捻った。来客は滅多にないし、あるとしたら事前に連絡があるだろう。オフィスが防衛省にあるため、ふらりとやってこられる場所ではないからだ。

「後藤田《ごとうだ》局長と一階のC会議室にいらっしゃいます」

中村の目がまだ笑っている。

「局長も一緒か。それを早く言え」

朝倉は立ち上がると、壁に掛けてあるハンガーからジャケットを摑《つか》んだ。

「副局長！　お出かけですか？」

自分のエリアから出ると、近くのデスクにいた水沢《みずさわ》由紀《ゆき》が声を掛けてきた。彼女は先月、中央警務隊から転任してきた新人である。仕事を覚えてもらうために、局長と朝倉のスケジュール管理など秘書のような仕事をしていた。

「射撃訓練の件で、ご相談があります」

水沢は朝倉に敬礼してみせた。中央警務隊の習慣が抜けないのだ。もっとも、朝倉は三等陸佐という階級であるため、仕方がないといえばそれまでだが。

「悪いが、これから打ち合わせなんだ。中村に相談してくれ」

朝倉は中村を指さし、部屋を飛び出した。中村を見ると、頭を掻《か》いている。中村が取るべき電話を水沢が応対したに違いない。

エレベーターで一階に下りると、廊下を走った。一階の会議室に客が来ているということは、防衛省や自衛隊関係者ではないのだろう。だが、後藤田が相手をするということは、重要人物に違いないのだ。

C会議室と記されたドアをノックし、部屋に入った。三十平米ほどの窓もない部屋に八人が座れるテーブルが置かれている。

後藤田と向かいに座っている男が、同時に振り返った。髪はシルバーだが顔立ちは日本人ではない。マスクをかけているが、彫りの深い目元に記憶がある。

「おっ、ハインズじゃないか」

笑顔になった朝倉がハインズに近寄って右拳を出した。中村は驚かせようと、わざとハインズの名前を言わなかったに違いない。

「久しぶりだな。朝倉」

ハインズは立ち上がって、右拳を当てた。今や握手の代わりの挨拶だ。

「どうしたんだ？　事件か？　にしても、わざわざ日本に来る必要があったのか？」

先日電話で話したハインズが、目の前にいるので混乱した。電話で話せないのなら、メールでも連絡は取れるはずだ。

「捜査を手伝って欲しいのだ。極秘の捜査になるため、電話やメールでは連絡できなかった。私も防衛省の参事官との打ち合わせというスケジュールを入れて米国を発《た》っている。私の行動を知っているのは、本部の局長と君も知っているブレグマンと彼のチームだけだ」

ハインズは笑顔を消して答えた。

「日本と米国間に暗号化された通信方法がないためか？」

朝倉は苦笑すると、ハインズの対面に座った。同盟国と言えど、日本は米国が主体となっている情報秘密協定であるＵＫＵＳＡ協定に参加しているわけではない。直接暗号でやりとりできないのだ。

「我々は、ＣＩＡやＦＢＩとは別に支局とは暗号通信ができる。だが、今回の捜査は、私自身が日本の現場で働くつもりだ。だから、あえて支局との通信は使わなかった」

ハインズは小さく頷いてみせた。

「それにしても、よほどの重要な事件らしいな」

朝倉は訝《いぶか》しげにハインズを見た。ＮＣＩＳのナンバー2が出てくるとは、米国にとって危機的な状況に陥っているのか、それともそれが予見されるのかだろう。

「米海軍の最新兵器の機密情報が国内外で漏れているのだ。国外では今のところ日本が疑われている。そこで、私はブレグマンのチームを佐世保《させぼ》に送り込んだ」

ハインズは毅然《きぜん》と答えると、経緯を説明した。ハインズは米軍の機密情報漏洩に関して、ＮＳＡから得た情報を元に捜査を進めるようにブレグマンに命じたそうだ。今回の捜査でハインズは捜査官として現場に復帰し、ブレグマンらと同じ米軍の輸送機で三沢基地を経由し、横田《よこた》米軍基地に到着した。彼は日本政府関係者と捜査について協議するために東京に残ったようだ。ブレグマンらは羽田《はねだ》空港から、民間機で福岡《ふくおか》空港に移動中らしい。

「佐世保基地から情報が漏れたことまでは、分かっているのか？」

朝倉は尋ねた。

「現地からの情報ではない。中国の人民解放軍の内通者からの様々な情報があり、その内の一つに佐世保という単語があったのだ。米国内の捜査はＦＢＩが行っている。日本の捜査は是が非でもＮＣＩＳの手で行いたい」

ハインズは身を乗り出して言った。固い決意をしているようにも見えるが、ＦＢＩに国内の捜査を奪われていることが悔しいのだろう。

「特別強行捜査局は全面協力できると、私は約束したのだが、問題ないかな」

二人の会話を黙って聞いていた後藤田は、朝倉を見て言った。

「もちろんです」

朝倉は後藤田とハインズを交互に見て頷いた。

2

午後五時十分、佐世保。

白いフォード・エクスプローラーが、西九州自動車道を走っている。

助手席にブレグマン、後部二列目シートにマルテス、その隣りにブレグマンの部下であるエディ・フォックス、三列目シートに同じくボブ・ベンダーが座っていた。ブレグマンの部下は、他にも女性の特別捜査官でありＩＴの専門家でもあるシャノン・デービスが在籍するが、チームを情報面でバックアップするためにあえて本部に残っている。

米国内の軍事機密情報漏洩にはＮＳＡの支援を受けたＦＢＩが対処しており、ＮＣＩＳの出る幕はない。ＮＣＩＳの捜査官は、全職員の半数である千二百人と少ない。その多くが国内の海軍絡みの犯罪に対処しており、少数の人員が海外の米海軍基地や航空母艦などにも派遣されていた。実質的に、大規模な捜査には不向きなのだ。

軍事機密情報の捜査は現場の捜査官だけでなく、バックアップのためにも多くの人員を必要とする。ＦＢＩは約三万五千人の職員を擁し、年間予算は約八十七億ドル。ＮＳＡの雇用者数は約三万人、年間予算は約百八億ドルある。また、ＮＳＡのエシュロンをはじめとした情報収集能力は世界一と言っても過言ではない。捜査官の数では、圧倒的に多いＦＢＩを国防総省も頼りにしているのだ。

エクスプローラーは佐世保中央インターチェンジを下りて交差点を右折し、国際通りに入る。やがて、佐世保日野松浦《ひのまつうら》線、ＳＳＫバイパスとの交差点の赤信号で停止した。

運転しているのは、ＮＣＩＳの米海軍佐世保基地支局に勤務するジョン・リンチ特別捜査官である。佐世保は支局であるが、駐在する特別捜査官は三名から五名と少ない。現在は三人の特別捜査官が駐在し、彼らとは別に二人の一般職員が勤務しているそうだ。

「佐世保は、ゲートも趣《おもむき》がありますね」

マルテスが交差点に立っている基地の看板を見て感心している。

交差点は十字路ではあるが、国際通りの反対側の道路は米海軍佐世保基地の正面ゲートへの導入路になっているため、基地に無関係な民間人の立ち入りはできない。ゲート入口の中央分離帯に戦艦の錨《いかり》がモニュメントとして置かれており、その前に旭日《きょくじつ》がデザインされた基地の看板を吊《つ》るした鳥居が立っている。旭日と錨と鳥居は、米軍佐世保基地のシンボルになっているのだ。

韓国は世界で唯一旭日をナチスのハーケンクロイツ（鉤十字《かぎじゅうじ》）と同じだと主張して目の敵《かたき》にしているが、駐留米軍ではこのデザインが好まれている。彼らの論理を用いるのなら、米軍も同罪のはずだ。しかもナチスと闘った米軍が使用しているので、日本よりも問題だと叫ぶべきである。

「鳥居は、沖縄の基地にも使われているよ」

ブレグマンは反射的に答えて苦笑した。アラスカ経由で輸送機から民間機に乗り継いでいる。長距離の移動で疲れているが、頭が勝手に反応しているらしい。ブレグマンは、横須賀の極東本部、佐世保支局、それに沖縄支局にも行ったことがあるので、鳥居や旭日が珍しいわけではないのだ。

「先に支局に案内します。ハウジングエリア（居住区）はバイパスを挟んで反対側にありますので、打ち合わせの後、食事をされたらお連れしますよ」

リンチはブレグマンとマルテスの会話を無視し、浮かない顔で言った。彼には何の目的で佐世保に来たかはまだ話していないので、面白くないのだろう。捜査は極秘で行うため、車の中で簡単に話せるような内容ではないからだ。

信号が変わった。

エクスプローラーが交差点を渡り、導入路を進んでゲート前で停まった。

警備兵は運転席のリンチを確認すると、ゲートを上げた。ＮＣＩＳの局員なら海軍保安中隊や警備員とは顔見知りで、立場的には上になるのだ。

三十メートルほど先の脇道を右に曲がれば司令部、さらに三十メートル先の道を左に曲がると軍病院、ショッピングモール、映画館など、軍の福利厚生及び商業エリアがある。

エクスプローラーは商業エリアも過ぎて最初の交差点を右に曲がり、百メートルほど先にある煉《れん》瓦《が》色《いろ》の建物の前で停まった。ＮＣＩＳの米海軍佐世保基地支局が入っている建物だ。

「どうぞ、こちらへ」

出入口は三つあり、リンチは一番左の石段を上がってガラスドアを入って行く。

外観は港の倉庫のようだが、中は白壁のオフィスになっていた。玄関近くにはソファーとテーブルが置かれ、奥が見えないようにパーテーションで仕切られている。リンチはパーテーションの横を通り、整然とデスクが並べられているエリアに入った。

デスクでパソコンに向かっている男女が、ブレグマンらに気付き顔を上げた。彼らは専門職で捜査員ではなさそうだ。Tシャツやポロシャツにジーパンとラフな格好をしている。二人ともマスクをしているので、まだ新型コロナのワクチンを打っていないのだろう。米国ではワクチンの接種が完了していれば、マスクは不要ということになった。そのため、ブレグマンらは、マスクは掛けていない。だが、日本人は日常的にマスクをしているので、基地の外ではマスクが必要だとハインズにアドバイスされている。

三つのデスクが二列に並んでおり、奥に支局長用と思われる少し大きめのデスクが置かれていた。支局長室は設けられていないらしい。

「本部からのお客さんだ。チーフは、どこかな?」

奥の席を見たリンチは、手前で作業している若い女性職員に尋ねた。二十代半ばで、黄色い縁の眼鏡を掛けている。専門は何か分からないが、アルバイトのような雰囲気だ。

「会議室です」

女性は部屋の突き当たりにあるドアを素っ気なくボールペンで指した。

「ありがとう」

リンチはブレグマンらを手招きして、中央の通路を進む。

「どうも。こんにちは」

ブレグマンは二人の職員に笑顔を向けたが、彼らからは表情もなく軽く頷き返されただけである。この支局は職員のマナーは、尊重されていないようだ。

リンチは、通路の突き当たりにあるドアを開けた。

「ありがとう」

ブレグマンらは二十平米ほどの部屋に入った。

長テーブルの両サイドに四つの椅子があり、左奥の椅子に座っていた白人男性が立ち上がる。

「長旅、大変だっただろう。支局長のサルバドール・セペタだ」

セペタは自分の前の席を指さすと、腰を下ろして息を吐いた。年齢は五十代半ば、支局長と言っても職員が少人数だけに閑職のようなものだ。

「お出迎えありがとうございました。早速本題に入りますか？」

ブレグマンはマルテスらに目配せすると、セペタの前に座った。

「打ち合わせがあると連絡は受けたが、事前に内容を送ってもらえればよかったのだがね」

セペタは肩を竦めた。

ＮＣＩＳは、米軍と同じ暗号通信ができるので盗聴の心配はないと言いたいのだろう。

「日本の捜査機関と擦《す》り合わせができず、捜査方針が決まっていなかったのです。そのため、事前にお知らせができなかったのですよ」

ブレグマンは笑顔で丁寧に答えた。何も連絡せずに来日すれば、トラブルは避けられないと思っていたのだ。

「捜査方針？ まあ、それはおいおい決めることにすればいいだろう。少なくとも捜査対象は教えてくれるんだろうね」

セペタは大きな溜息を吐いた。

「情報漏洩です。米軍の機密情報が漏れているんですよ」

ブレグマンはゆったりとした口調で切り出した。

3

午後五時三十分。

朝倉とハインズは徒歩で防衛省の正面ゲートを出た。

気温は二十八度とまだ高い。八月になってから雨続きだったが、一昨日から晴天が続いている。だが、天気予報ではそれも今日までらしい。

朝倉は、一昨年に幸恵《さちえ》と結婚してから新宿区喜久井町《きくいちょう》のマンションに住んでいる。お互いに忙しく、相変わらずのすれ違い生活だが、仲はいたって良い。毎朝、運動を兼ねてトレーニングウェアを着て着替えを入れたバックパックを担《かつ》ぎ、庁舎までランニング通勤している。

帰宅も同じであるが、今日はハインズと食事がてら軽く飲もうと思ってスーツ姿のままだ。ハインズはニューオータニを予約してあるというので、それなら四《よ》ッ谷《や》駅近くのしんみち通りの店に行くつもりである。

新型コロナは依然として猛威を振るっており、都内は緊急事態措置が発令されていた。朝倉が向かっている店は、都の要請に従って営業自粛を続けており、アルコールの提供もしていない。昼も店を開いてランチと弁当の販売をするなど営業努力をしているが、赤字続きだと店主がぼやいていた。

二人は靖国《やすくに》通りを渡って緩《ゆる》い坂道を進み、外堀《そとぼり》通りに出る。

「今回の捜査だが、局長命令か？」

朝倉は歩きながら尋ねた。

庁舎で後藤田と一時間ほど打ち合わせを行った後、国松、中村、それに警課の佐野《さの》晋平《しんぺい》、野口大輔《のぐちだいすけ》などの捜査課の主要メンバーも呼んで捜査会議を開いている。他のメンバーの前では、ハインズに本音で尋ねられなかったのだ。

「もちろんだ」

ハインズは質問の意味が分からず、首を傾げた。

「この手の機密情報の捜査では米国内ならＦＢＩ、国外ならＣＩＡだ。もっとも、日本での捜査では、米国人は目立つからとＣＩＡが公安部の外事課に捜査を委託すると聞いている。副局長の君が現役の特別捜査官として乗り出すのは、ＮＣＩＳの意地か？」

朝倉はハインズをちらりと見て鋭く尋ねた。

「痛いところをつくな。そういうことだ。ＮＣＩＳの捜査は、海軍と海兵隊に関わる事件を扱っている。当然、その中には海軍の機密情報漏洩の捜査も含まれているんだ。だが、現実は、殺人、麻薬、窃盗《せっとう》、ありふれた事件が大半なんだよ。我々は国家の安全を守ろうと日々働いているのに、肝心の国家防衛に関わる重大事件に手をこまねき、他の連邦捜査機関に捜査権を奪われているのが現状だ」

ハインズは苦笑するとシャツのボタンを外し、ネクタイを緩めた。

「うちの局長は、君が直接協力を求めたから簡単にオーケーを出した。彼は中央警務隊出身だから、米国との捜査協力についてよく知らないからだろう」

朝倉はハインズの少し前に出て歩き、自然に後ろを見た。

「それじゃあ、君の本音はあまり乗り気じゃないというのか？」

ハインズは右眉《まゆ》をぴくりと上げた。

「その逆だ。特捜局はＮＣＩＳと立場は同じなんだ。だからこそ、腹を括《くく》らなきゃならない。日本で捜査するにあたって、ＣＩＡや公安を敵に回す可能性があると言いたいだけだ」

「ＣＩＡを敵に？　まさか」

　ハインズは肩を竦めた。

「少なくとも、俺たちのことを気にしていることは事実だろう」

　朝倉はさりげなく振り返り、二十メートルほど後ろを歩く二人のスーツの男を見てにやりとした。目が合うと、二人は気まずそうに顔を背けた。スーツの着こなし、歩き方からして公安部の外事課に違いない。外事課が単独で朝倉というよりもハインズを尾行するはずがない。彼らはＣＩＡから依頼を受けたのだろう。

　朝倉は四ッ谷駅前郵便局の前を通り過ぎて、三栄《さんえい》通りも渡って五十メートルほど先のしんみち通りに曲がった。

「驚いた。いきなりチャイナタウンがあるのか？」

　ハインズは飲食店が連なる小道を見て声を上げた。角のラーメン店を中華レストランと間違えたのだろう。周囲に近代的なビルが建つ外堀通りと一方通行の飲み屋街とのギャップに驚いているらしい。

「日本に来てまでファストフードを食べたいのか？　晩飯……」

　振り返った朝倉は眉を吊り上げた。狭い路地に二台のベンツＳタイプが乗り込んできたのだ。後ろの車は分からないが、前の車はブルーナンバー（外交官ナンバー）である。朝倉とハインズは道の端まで下がった。尾行していた連中が、朝倉らを確認したと連絡したのだろう。

「冗談だろう」

ハインズもベンツを見て顔をしかめた。どこの国の車か分かったようだ。

ベンツは朝倉らの前で停まる。

先頭のベンツの助手席からラテン系の黒髪の男が降り、朝倉の前に立った。年齢は四十歳前後、左耳に透明のコードのイヤホンを付けている。無線機のイヤホンだ。

「用があるのは、彼だろう？」

朝倉は建物の壁際に下がった。

「ミスター・朝倉。あなたにも御同行願います」

男は朝倉とハインズを交互に見た。離れた場所から尾行していた男たちも様子を窺《うかが》っている。

「我々を拘束するつもりか？」

ハインズが朝倉を押し退《の》けるように前に出た。

「私はジェイク・メイトンです。お二人を米国大使館に招待するように命じられています」

メイトンは、表情も変えずに後部ドアを開けた。

「誰が、そんな指示に従うんだ」

ハインズは興奮した様子で言った。尾行されていたことに腹を立てているのだろう。

「大使館に招きたいのならＩＤを見せるんだな」

朝倉はハインズを窘《たしな》め、メイトンを指さした。

「分かりました」

メイトンはポケットから革製のホルダーを出して、ＣＩＡの身分証を見せた。

「赤坂にも美味《おい》しい和食の店はあるか？」

溜息を吐いたハインズは、朝倉に尋ねた。米国大使館は赤坂にあるからだ。

「もちろんだ」

朝倉はベンツの車内を見回し、ハインズの背中を軽く叩いた。

4

午後六時。赤坂。

朝倉とハインズを乗せたベンツは米国大使館の正面ゲートを抜けるとすぐ右折し、荷物の搬入口がある駐車場に停められた。本館の西側にある別館の裏手である。

「ここから先は私が案内します」

助手席から降りたメイトンが、後部ドアを開けた。

「裏口に案内するとは、たいした歓迎ぶりだな」

ハインズは不機嫌な態度を隠そうともしない。連れてこられたことより、夕食を邪魔されたことに腹を立てているのだろう。四谷で行く予定だった店では何が食べられたのかと、車の中でしつこく聞かれた。

メイトンは、警備員も立っていないうらぶれた出入口から入った。とはいえ、ドアの上には監視カメラと人感センサーがあり、カードキーによる電子ロックで守られている。セキュリティは問題ないようだ。

「見てくれは悪いですが、実はよくVIPがお忍びで使うんですよ」

メイトンの案内でドアの三メートル先にあるエレベーターに乗り込んだ。短い廊下にはドアが一つだけあったが、裏口はエレベーター専用の出入口らしい。意外と米国の大物が、密《ひそ》かに出入りするための出入口かもしれない。

地下一階でエレベーターを降りた二人は、会議室に通された。

四十平米ほどで、十人が座れる長テーブルが中央に置かれている。飾り気のない部屋だが、出入口と反対側の壁に百インチのディスプレーがあり、左奥の壁際に日本と米国の国旗が立てられていた。地下の施設なので普段は使われることはないだろう。だが、部屋の片隅に演説台が置かれているので、緊急時の記者会見などに使われるのかもしれない。

「お掛けください。間もなく、会議のメンバーが揃います」

出入口に立ったメイトンは右手を伸ばし、左側の中央にある二つの席を勧めた。

「俺はブラックコーヒーでいいぞ」

朝倉は椅子に腰を下ろして言った。メイトンに大使館で行われる会議に出席して欲しいと車の中で言われている。だが、会議の議題もメンバーも教えられていない。会議と称した尋問かもしれないと思っている。

「私はバーボンがいい」

ハインズは咳払《せきばら》いすると、朝倉の左隣りに腰を下ろす。

「それでは、コーヒーを用意させましょう。お待ちください」

メイトンはふんと鼻息を漏らすと、廊下に立っている若い男に頷いて見せた。

「いかにもＣＩＡという感じだな。あいつらには冗談も通じない」

ハインズは朝倉に耳打ちするように言った。そうとうＣＩＡを毛嫌いしているようだ。

「お待たせ」

黒人男性が、陽気に部屋に入ってきた。主要国の米国大使館には、ＦＢＩとＣＩＡの職員が詰めている。男の首から紐《ひも》で下げたＩＤにはＦＢＩと記されていた。

「彼は会議のオブザーバーをしてもらうＦＢＩのウィリー・レインズです」

メイトンはレインズを簡単に紹介すると、ハインズの正面に座った。

「よろしく」

レインズは軽く会釈すると、朝倉の前に腰を下ろした。

「メンバーは、以上かな？」

ハインズは肩を竦めた。会議を一刻も早く終わらせようと思っているのだろう。

「間もなく二人の日本のポリスが来ることになっている」

メイトンは、開けたままになっている出入口を見た。すると、さきほど彼が声を掛けた若い男が、二人の日本人とともに入ってきた。一人は四十代半ばで一七〇センチほど、もう一人は三十代後半で一八〇センチほどある。ポリスと聞いたがスーツも靴も安物ではなく、手入れが行き届いていた。刑事のように現場を足で稼ぐような雰囲気はなく、どちらかというと官僚タイプだ。

「外事課の佐々木《ささき》俊介《しゅんすけ》です」

年配の男が頭を下げ、ハインズと朝倉に名刺を渡してきた。

「特捜局の朝倉俊暉です」

朝倉も立ち上がって、名刺を交換する。昨年まで局長をしていたので、この手の儀礼は反射的に体が動く。

「同じく外事課の増田《ますだ》郁也《いくや》です」

順番を待っていた増田が、名刺を出した。ハインズは朝倉の真似《まね》をして妙に恭《うやうや》しく名刺を受け取っている。日本の習慣が珍しいのだろう。

「うん？　警察庁……」

朝倉は名刺を見て首を捻った。都内のスパイ捜査ならＣＩＡは、警視庁公安部の外事課に直接要請するはずだ。だが、渡された名刺には、警察庁外事課とだけ記載されていた。

「どういうことだ？」

ハインズは朝倉が日本語で呟《つぶや》いたので尋ねてきた。彼は英語で記載された名刺の裏側を見ているのだが、警視庁と記載されていないので変だと思ったのだろう。

「彼らは警察庁の外事情報部に所属している。都道府県警の上部組織だ。ＣＩＡは、通常は警視庁などの公安部に直接依頼すると聞いている。ただし、我々と捜査目的が同じならＣＩＡも警察庁を飛ばして警視庁には声をかけないだろう」

朝倉は増田らをチラリと見て英語で説明した。米国大使館での打ち合わせなら英語で会話すべきだろう。いちいち英訳するのも面倒だ。

「噂《うわさ》通りに冴《さ》えた捜査官のようですね。ミスター・朝倉」

メイトンは何度も頷いている。

「名刺に係の記載がないが？」

朝倉は増田にも英語で尋ねた。警察庁の外事課には第一から第五係の他に、係に所属しない調査官や対策官など組織は防諜《ぼうちょう》する対象によって分かれている。増田の肩書きに係長と記載があるが、係とも調査官とも書かれていない。

「失礼しました。我々は第四係です」

増田も何食わぬ顔で、英語で答えた。

「なるほど、やっと読めてきたぞ。おたくらは軍事情報を盗もうとしているのは、中国と考えて行動しているということだな」

朝倉は大きく頷いた。外事課の第四係は、対中国防諜が主たる任務である。係を知られないように名刺に印刷していないのだろう。

「そういうことです。中国は米国だけでなく、世界と敵対しています。その中国が最大の同盟国である日本に害をなすなら米国は持てる力を振り絞って対処します。だからこそ、あなた方のスタンドプレーを見逃すことはできないのです」

メイトンは朝倉とハインズを鋭い視線で見た。CIAは対象を中国と絞って警察庁に協力を要請したのだろう。とすると、NCISより捜査は進んでいる可能性がある。

「スタンドプレー？」

ハインズはメイトンを睨み返した。

「我々には捜査計画があります。それを無視して行動すれば、スタンドプレーになると言っているのです。NCISが協力してくれるのなら、我々と一緒に行動して欲しいのです」

メイトンは平然と答えた。

「それは、ＮＣＩＳにＣＩＡの指揮下に入れということか？」

ハインズは興奮した様子で腰を浮かせた。いつもは理性的な男にしては、珍しい態度である。日頃、よほど彼らに煮え湯を飲まされているのだろう。

「誤解だ。情報を共有化し、協力し合うということだ」

メイトンは両手を前に出して首を振った。ハインズの剣幕に驚いているようだ。

「彼らの言うことも、もっともだ。極秘の捜査でも人員はいる」

朝倉は、ハインズの肩を押さえて言った。捜査が出遅れている以上、単独行動は不利になるだろう。ここは協力すべきなのだ。

「……まあ、そうだな」

息を吐いたハインズは、椅子に座り直した。

「それじゃ、捜査計画を聞かせてくれ」

朝倉は眼鏡を外し、腕を組んだ。

フェーズ3：佐世保

1

八月二十二日、午前九時五分、福岡空港。

朝倉はスーツケースを片手に到着ロビーに出た。

羽田空港六時二十五分発の民間機に乗って来たのだが、台風十二号の影響で到着が定刻より三十分以上遅れている。その上、民間機は土砂降りの雨の中、風にも煽《あお》られながら着陸したのだ。

「結構、遅れましたね」

後ろから、カートに荷物を載せた中村が付いてきた。彼は鑑識道具などの機材も運んでいるのだが、いつものように釣り道具を持参したので荷物が多いのだろう。

「飛んだだけましだ」

振り返った朝倉は苦笑した。欠航となれば新幹線での移動も考えていたのだ。移動は明日と考えていたが、明日から明後日《あさって》にかけて台風が九州に最接近する予報なので、一日早めたのだ。

中村の後ろには国松、それに警課の係長である佐野と若手の大竹《おおたけ》淳平《じゅんぺい》が続いている。いつも出張の場合は捜査課で最年長の佐野に、本部の現場責任者として留守番を頼む。彼はトップの後藤田局長とも馬が合うので、なにかと都合がいいのである。だが、今回の捜査は是非というので、留守は警課の主任である野口に頼んだ。

到着ロビーの窓際に立っていた警務官が近寄ってきた。新型コロナの流行だけでなく、天候も悪いのでロビーは空《す》いている。それだけに警務官の制服は目立つのだ。

「失礼ですが、朝倉三佐ですか？」

警務官は朝倉の前で敬礼した。一等陸曹の階級章を付けている。朝倉のオッドアイは、警務隊の間では全国的に知られているそうだ。その異相で判断したに違いない。朝早くからの移動だったので、いつもの伊達眼鏡を掛けていなかった。

「そうだが……」

頷いたものの朝倉は首を捻った。到着予定日は伝えておいたが、出迎えはいらないと時間までは知らせていなかった。

「私は第１３４地区警務隊の蟹江《かにえ》恭平《きょうへい》です。お迎えに上がりました」

蟹江は直立した姿勢を崩さずに言った。特捜局は警務隊の上部組織のため、気を遣っているのだろう。

「どうして、到着便が分かったのだ？」

朝倉は右手を背中に回し、さりげなく中村らに別行動をするようにハンドシグナルを送った。宿泊ホテルは決まっているので、そこで落ち合えばいいのだ。

「特捜局に電話を入れ、水沢という女性から聞き出しました」

蟹江は自衛官らしく、歯切れ良く答える。水沢は朝倉の行動予定表を見て教えたのだろう。彼女は今回出張した捜査チームの会議には加わっていないので、極秘任務だと知らないのだ。これは朝倉のミスである。

「我々は市内のホテルにとりあえずチェックインする。せっかく来てもらったのだが、警務隊の車じゃ目立つんだ。だから、県警の出迎えも断っている」

朝倉は丁寧に断った。現地の警務隊と県警とも打ち合わせを予定している。

「お言葉ですが、上官から失礼のないようにと言われています」

蟹江は伏目になった。命令されているから逆らえないと言いたいのだろう。

「蟹江一曹、極秘捜査なんだ。我々が九州に来たことも秘密にしたい。今日の一〇三〇《ひとまるさんまる》に公安の外事課と捜査会議を開く。報告は、直接隊長にするんだ。他言は無用。場所は追って連絡する。このまま帰ってくれ」

朝倉は表情もなく言った。暗に命令だと言っているのだ。

「了解しました」

蟹江は敬礼すると、小走りに去った。駐車場に警務隊のパトカーを駐車してあるのだろう。覆面パトカーで来ていたとしても、彼らが制服では話にならない。

「やれやれ」

朝倉は蟹江を見送ると、空港ビルを出た。折り畳み傘をさせば飛ばされてしまいそうな風と雨である。朝倉はジャケットとネクタイをスーツケースに仕舞うと、タクシー乗り場まで走った。停車していたタクシーがタイミングよくドアを開けたので、スーツケースを抱えて飛び込むように乗り込んだ。

「助かった。博多《はかた》シティーホテルまで」

朝倉は行き先を告げると大きく息を吐き出した。十数メートル雨の中を走っただけで、ずぶ濡《ぬ》れである。

「博多シティーホテルですね。それにしても、よく雨が降る」

運転手はうんざりした様子で車を出した。多少の雨ならタクシーの需要もあるだろうが、豪雨では通行人もいないのだろう。

十分ほどでタクシーは、博多駅にほど近い博多シティーホテルに到着した。

「いらっしゃいませ」

フロントにいる三人の係が、丁寧に頭を下げた。古そうなホテルだが、接客は問題なさそうだ。

「予約していた朝倉です」

朝倉はホテルのフロントで名前を告げた。チェックインは午後二時からだが、一週間連泊の予約をし、前金を払ってある。チェックインの時間は警察関係だと言ってあるので、特別な措置《そち》だ。

「朝倉様ですね。お待ちしておりました。皆様はすでにチェックインされています」

フロントの男性は小声で言った。ラウンジに他の客もいるからだろう。

「レンタカーは、届いているかな」

朝倉は、宿泊カードに名前を記載しながら尋ねた。

地元の捜査機関と協力することになっているが、車や装備を借りるつもりはない。レンタカーは業者にホテルへ届けるように手配してあった。拳銃に関しては民間機では運べないため、航空自衛隊の輸送機で運ぶように手続きはしてある。

「十時に届けられると、業者から連絡が入っております」

フロントは滞りなく即答するとカードキーを渡してきた。傍《そば》に若い男女のスタッフもいるが、六十代前半のベテランが対応している。胸の名札を見ると、〝支配人　上条《かみじょう》　豊《ゆたか》〟と記されていた。警察関係者のチェックイン手続きのため、支配人がじきじきに対応しているようだ。

「ありがとうございます」

朝倉はカードキーを受け取り、五階の自室に向かった。

エレベーターを降りて、五階の突き当たりの非常口近くの部屋に入る。このフロアーに特捜局の五人はチェックインしていた。

濡れた服と下着も着替えた。ジャケットとネクタイはスーツケースに入れてあったので、ハンガーに掛ける。今回の捜査は長期戦と思っているが、とりあえず五日分の着替えを持参してきた。いくらあっても荷物になるだけである。ホテルならクリーニングに出せるし、下着ならコンビニで購入することもできるからだ。

ドアがノックされた。

「どうぞ」

朝倉がドアを開けると、佐野が入ってきた。一昨日の会議で、佐野は九州で捜査するのなら経験があるのでと願い出た。ホテルの手配も彼がしたのだ。

「このホテルなら、心置きなく仕事ができますよ」

佐野は上機嫌でドアを閉めた。

「支配人が自らフロントに立っていましたからね」

朝倉も笑顔になった。佐野とは警視庁捜査一課時代、捜査のいろはを教えてもらった大先輩である。自《おの》ずと言葉遣いも改まる。特捜局の捜査を支えているのは、佐野のおかげだと言っても過言ではないだろう。

「十年以上昔の話ですが、都内の殺人事件の容疑者を追って福岡まで来たことがあります。県警の協力を得て容疑者を逮捕しました。その時、県警の捜査課から紹介されたのがこのホテルです。支配人の上条さんは県警の刑事でした。当時も世話になりましたが、退職して父親のホテルを継いだのです。下手《へた》に聞き込みをするより、彼から情報は集まります。事前にお知らせしなかったのは、副局長にご自分の目で確認してもらおうと思ったんですよ」

佐野は得意げに言った。彼の機嫌がいいわけである。

朝倉は笑みを浮かべた。

「なるほど、それなら我々の捜査会議に参加してもらいますか」

「それもいいかもしれませんね。上条さんが退職してホテルを継いだのは、三年前です。まだまだ現役と変わりませんから」

佐野が真面目な顔で頷いた。冗談のつもりだったが、佐野は本気のようだ。

「それじゃ、会議の準備でもしますか」

朝倉はスーツケースからノートＰＣを取り出した。

2

午前十時半、博多シティーホテル。

二階の宴会場に長テーブルが、間隔を空《あ》けて四卓置かれていた。

朝倉ら特捜局のメンバーは、出入口を背にして右手の二つのテーブルに座っている。また、第１３４地区警務隊の隊長である沼田《ぬまた》幸三《こうぞう》と蟹江が、朝倉らの後ろの椅子に座っていた。

地元の警務隊を捜査に加えるかは、捜査の進捗《しんちょく》状況で決めるつもりだった。九州に来ることを知らせたのは、単純に武器を輸送するのに彼らの手助けが必要だからだ。いずれにせよ捜査内容を知らせる必要があるので、捜査本部を立ち上げるに当たって警務隊の責任者だけ招待した。彼らには捜査内容をすでに教えてあった。

反対側の左のテーブルには、ハインズとブレグマン、右のテーブルには警察庁外事課第四係の増田と福岡県警・警備部外事課の課長である上野《うえの》直也《なおや》が座っていた。県警は警視庁と違って外事課の規模はかなり小さい。警備部の中に公安第一課から三課、警備係、外事課、第一、第二機動隊が横並びにある。公安が部として独立していないのだ。

会議は十時半からとしていたが、時間前に全員揃ったので、自己紹介だけ済ませたところだ。

「博多シティーホテルさんのご好意で、この宴会場を捜査本部とするつもりです。ご意見をお聞かせください」

朝倉は会議の議長を務め、ハインズらの手前英語で進行している。

増田はCIAの意を汲《く》んで動いているので、まとめ役になるつもりだったらしい。だが、朝倉が来日したNCISのメンバー全員と面識があることを知って、譲ってきたのだ。

「民間のホテルに合同捜査本部を作るとは、ユニークだ」

ハインズが腕組みをして大きく頷いた。

「私もそう思います。米軍基地内で我々が動くと目立ちますから」

ブレグマンが、真面目な顔で同意した。彼はチームで捜査を始めていたが、苦労しているようだ。

「今回のような事案で県警に捜査本部は置けないので、連絡所のような役割なら充分だと思います。ただ、セキュリティの問題はありませんか？　所詮《しょせん》民間のホテルですよ」

増田はわざとらしく首を傾げながら言った。少々堅いが、彼の英語の発音もなかなかいい。

彼は前日に福岡入りしており、県警本部長と意見を交換したようだ。警察署で捜査本部を立ち上げる際、記者など外部の人間が出入りし、捜査情報が漏れることを警戒する。今回の捜査は、米国の要請を受けて極秘の捜査をするため、一般の警察官の目にも触れてはならない。だが、県警ではそれは不可能と言えた。増田にとっては背に腹は代えられないところだろう。

「午前中にホテルの支配人と打ち合わせをして、出入口を電磁ロック式にすることにしました。予算は、特捜局で出します。業者には連絡済みですので、工事は午後に入ります。非接触キーは追ってお渡しします。また、支配人が元警察官ということもあり、情報漏洩には細心の注意を払ってもらえるとのことです」

朝倉は会場を見回して答えた。

「器だけじゃねえ」

増田は肩を竦め、苦笑してみせた。

「ホワイトボード、コピー機にプリンター、それに鑑識道具も一式揃えてあります。もし、ここで仕事をするのならご自分のパソコンを持ち込んでください。ネットワーク環境も整えてあります」

朝倉に抜かりはなかった。佐野に支配人の上条を紹介してもらうと、短時間でさまざまなことを打ち合わせていたのだ。上条は元警察官だけに信頼がおけ、話も通じた。

「確かに機材も場所的にも最適かもしれない。だが、合同捜査本部とするには、抵抗がある。そもそも、捜査関係者が、このホテルに頻繁に出入りすれば、怪しまれるはずだ。せいぜい一週間に一度のペースで集まるのはどうだろうか？　だが、それでは捜査本部と呼べない」

増田は首を振った。

「やはり、そうきたか」

朝倉は隣りに座る佐野と顔を見合わせて笑った。

「何か、アイデアがあるのか？」

ハインズはテーブルに両肘を載せ、身を乗り出した。

「我々特捜局は、ご存じのように警察と中央警務隊のハイブリッド捜査機関ですが、大きな組織ではありません。そのため、様々なＩＴツールを使って人員不足を補っています。その一つに捜査官の情報共有化をはかるための〝捜査クラウド〟があります。捜査情報をセキュリティが厳重なクラウドにアップすることで、情報を共有化するのです。むろん、個人のセキュリティは、使用するスマートフォンに指紋認証とパスワードを併用します。また、情報は暗号化されるため、特定のスマートフォン以外では複合化できないようになっています」

朝倉は特捜局で使用しているスマートフォンを掲げた。

「私のスマートフォンじゃできないのですか？」

増田は自分のスマートフォンをポケットから出した。

「個人のスマートフォンにもアプリは入れられます。だが、セキュリティが甘い機種もあるので、情報漏洩の危険性が増します。予備を五台持ってきましたので、マニュアルと一緒にお配りします」

朝倉が中村を見た。

「はい」

立ち上がった中村は、樹脂製のコンテナからスマートフォンと付属品を入れたケースを出し、ハインズに二台、増田に二台、それに後方に座っている沼田に一台配った。

「至れり尽くせりだな」

増田は配られたスマートフォンと取扱説明書を見ながら皮肉っぽく言った。

「それでは、本題に入りましょうか。まずは増田さん、情報の共有化をお願いします」

朝倉は増田を見返した。捜査本部の器と備品を揃えたのは、このためである。

「次の捜査会議でというわけにはいかないかな」

増田は警務隊の二人を見て言った。彼らの参加は予定外と言いたいのだろう。

「この会議に参加するメンバーのセキュリティレベルは最高ランクです。何も問題はない」

朝倉は増田を見てさらりと言った。

「仕方がない。中国共産党員の内通者からの情報で、これまで米国内から原潜の極秘情報が、漏洩していたそうです。ただ、ＦＢＩの捜査が厳しいため、日本に舞台を移し、中国の諜報員の活動が佐世保で活発化しているらしいとのことです。まだ、米軍関係者との接触には至っていないようですが、時間の問題でしょう。ただし、具体的に関わっている人物までは特定されていません」

　ＣＩＡの名前も出さずに増田は当たり障りのない話をした。

「増田さん。その情報を元にここに集まったんじゃないのか？」

　口調を荒らげた朝倉は、眼鏡を外して睨みつけた。

「我々が得られた情報はそこまでです。ただ、県警の外事課では、九州在住の中国の諜報員と思《おぼ》しき人物のリストを持っています。彼らを調べれば、何か出てくると思います」

　増田は外事課の情報を渋々明かした。

「それでは、そのリストを〝捜査クラウド〟にアップロードしていただけますね。特捜局の〝捜査クラウド〟とは別に佐世保を意味する〝Ｓｃｌｏｕｄ〟という名称にしましたので、すぐにでも使用できます」

　朝倉は笑みを浮かべて言った。

「……了解した」

　少々間を置いて増田が残念そうな顔で答えた。手持ちのコマをなくしてイニシアチブが取れないことが悔しいのだろう。

「それでは、ＮＣＩＳはどうですか？」

朝倉はハインズとブレグマンを交互に見た。

「原潜の機密情報にアクセスできるのは、海軍の上級士官と技術者です。セキュリティ・クリアランスで最高機密に触れる資格を持つ者は、佐世保基地では五人おります。現在、この五人は監視下において探りを入れています。だが、現状では尻尾《しっぽ》を出さないでしょう。五人の名前は、今日中に〝Ｓｃｌｏｕｄ〟にアップロードします」

事前の打ち合わせはしなかったが、ブレグマンがあっさりと答えた。新型コロナの流行で、米兵は基地から特別な許可がない限り外出できない。リストを渡したところで、日本の捜査機関はどうにもできないことが分かっているからだろう。

ちなみにセキュリティ・クリアランスとは、米国の機密情報を扱える信用資格制度のことである。原子力潜水艦の機密情報はトップシークレットに属するため、最高ランクが必要になるのだろう。

「ありがとうございます。特捜局では私も含めて現在五名の捜査官が派遣されていますが、人員は倍に増やすことができます。当面は私がＮＣＩＳとのパイプ役になり、他の捜査官は外事課のお手伝いをさせていただきます。以上、よろしいでしょうか」

朝倉は会議を締めくくった。

3

午後三時五十分、博多シティーホテル。

朝倉は二階の宴会場入口のドアの改修を見守っていた。

宴会場には、両開きのドアとスタッフ用のドアがある。両開きのドアはロックして出入りを禁止し、スタッフ用のドアのみ使用するのだ。

「作業はこれで終わりです。当社のスマートロックは、カードキーとスマートフォンの指紋認証方式のどちらも選ぶことができます。また、ご契約は、二十四時間警備保障付きもあります。通常契約でも、入退室の記録が残りますし、不法侵入の警報通知もされます」

作業服の男はカバンからカードキーを出し、ドアロックが解除できるか確かめながら説明した。

ドアの鍵の上に器具を取り付け、ドア横の壁にテンキー付きのＩＣカード読み取り機を取り付けただけである。ものの十分で作業は終了した。

「驚いた。こんな簡単な作業で、セキュリティが強化できるのか。うちの会社も頼もうかな」

カードキーを受け取った朝倉は、自分でも試して目を丸くした。特捜局本部のドアロックは、古いシリンダー錠である。取り替えたいと思っていたところだ。ちなみに工事を依頼した業者には、ホテルの関係者だと言ってある。

ドアを開けると、中村がギョッとしたような表情で立っている。

「こっ、こちらの作業も終わりました」

中村はドアの内側に取り付けた器具を覗き込んでいたようだ。

「早かったな」

朝倉は宴会場に入った。

「おっと……」

朝倉は右手を額に当てた。

宴会場奥にホワイトボードが置かれ、その前に二十脚の折り畳み椅子が整然と並べられている。また、左手にはコピー機、ノートPC、プリンター、それに無線機が置かれた長机が設置してあった。これは、警察が捜査本部を立ち上げた際の標準的なレイアウトである。

「あれっ？　お気に召しませんか？」

中村が朝倉と部屋の中を交互に見ている。

「このレイアウトは、日本の捜査官には違和感がないが、米国人にはちょっと堅苦しい。どちらかというと、軍隊の作戦前のブリーフィングのレイアウトに近いな」

朝倉は頭を掻《か》いた。これまでＮＣＩＳと合同捜査をしたことはあるが、合同の捜査本部を立ち上げた経験はない。

「どうしたら、いいですか？」

中村は腕を組んで首を傾げた。褒められると思っていたのだろう。

「折り畳み椅子は半分でいい。その後ろに長テーブルを四つ並べ、いつでも会議ができるようにしてくれ。電源ケーブルも増やし、個人的な作業もできるようにするんだ」

朝倉は中村の肩を軽く叩きながら言った。

「お話し中すみません。副局長、よろしいですか？」

ポロシャツ姿の佐野が声を掛けてきた。会議では全員スーツを着ていたが、上条と打ち合わせすることになっていたので着替えたようだ。

「何か、情報は得られましたか？」

朝倉は中村に作業にかかるように右手を振った。

「長崎新地の中華街に中国本土に情報網を持つ黄高遠《コウコウエン》という人物がいるそうです。一緒に聞き込みをしてもらえませんか。副局長のように多言語話者がいると、心強いんですよ」

佐野はいつものように穏やかな口調である。警視庁の一課の刑事は、「鬼」と呼ばれる人物が多い。犯人に弱みを見せず、己や部下に対しても厳しいからだ。一方で、「仏」と呼ばれる人当たりの良い刑事もいる。

尋問はベテラン刑事が行うが、容疑者によっては「鬼」と「仏」のどちらかの刑事が担当し、自白させる。佐野はその穏やかで思いやりのある言動で容疑者の情に訴えて自白を促し、凶悪犯といえども完落《かんお》ち（全面自供）させるのだ。そのため、「仏の佐野」と呼ばれることもあった。

「もちろんです。長崎新地ですか」

朝倉は頷くと、ホワイトボードの後ろに置かれている金属製のコンテナのナンバーロックキーの数字を合わせて解除した。

中村が事前に本部から送った銃Ｈ＆Ｋ　ＳＦＰ９が入っているコンテナで、警務隊の蟹江が会議前に持ち込んでくれたのだ。朝倉はコンテナからＳＦＰ９を出し、マガジンを装塡《そうてん》した。

昨年の十二月に自衛隊では２０式５・５６ミリ小銃とＳＦＰ９の新規採用が発表された。順次入れ替えは進んでおり、特捜局では二月にすべての捜査官の銃を新しくしている。

「私も携帯すべきかな」

佐野は戸惑《とまど》っているようだ。刑事は、凶悪な事件に限って上層部からの命令で銃の携帯が許される。だが、朝倉が特捜局を創設した際に、中央警務隊に倣《なら》って勤務中の銃の携帯を義務付けた。

「もちろんです」

朝倉はベルトの後ろに差し込んであるヒップホルスターに銃を差し込んだ。いつでも銃を持ち歩けるようにホルスターはベルトに留めてあるのだ。

佐野は愛用のウエストポーチに銃を仕舞った。これならジャケットを着る必要もなく、彼の年齢的にも違和感がない格好である。

「急ぎましょう」

朝倉は頷くと、宴会場を後にした。

4

午後五時四十分。

朝倉の運転するアクアは、九州横断自動車道長崎大分線を走っている。

午後になり雨は一旦止《や》んでいたが、夕方になり再び降り出した。

ワイパーが忙《せわ》しなく動く。

「タイミング悪い時に来たものだな」

朝倉はフロントに顔を近づけ、呟いた。

「明日の朝にすればよかったな」

助手席の佐野が頭を掻いて相槌《あいづち》を打った。朝倉と二人の時は、佐野は以前のように気さくな言葉遣いになる。

「我々のことじゃありませんよ。台風のことです。九州まで来たんです。時間は一分でも惜しいですから」

朝倉は苦笑した。

「捜査への執着は、一課時代から変わらないな。さすがだよ。捜査会議で〝沖癇《おきかん》〟に楯突《たてつ》いた君を思い出した」

佐野はふんと鼻息を漏らした。朝倉が一課第十二係に所属していたころの班長で、独善的で癇癪《かんしゃく》を起こす沖山《おきやま》は、部下から〝沖癇〟と陰口を叩かれていた。朝倉は、沖山の親戚で警察庁の幹部だった只野《ただの》勝典《かつのり》から離島に転属させられた苦い経験を持つ。

「懐かしい名前を出しましたね。今はどうしているんでしょうか？」

朝倉は過去の人物だと気にしていない。これまで佐野に聞くこともなかった。

「沖癇は今、フィリピンにいると聞いた。五年前に只野が汚職で捕まり、その捜査が彼にまで及んだからね。只野が逮捕前に関係書類やデータを消去したせいで、捜査は滞っている。しかし、沖癇が早期退職して国外に脱出したのが、何よりの証拠だ。そのうち彼も塀の中だよ」

佐野は鼻先で笑った。捜査一課長である桂木《かつらぎ》と佐野は極秘で只野の汚職を捜査し、物的な証拠が出た時点で贈賄《ぞうわい》汚職を専門とする捜査第二課に引き継いだ。

「人の人生は分からないな」

朝倉は渋い表情で首を振った。正義を求めるべき警察官が、犯罪者に転落するという話は聞くだけでもうんざりである。

有料道路を出て築町《つきまち》通りに右折し、次の信号でまた右折すると福建《ふっけん》通りに入る。

「着いたね」

佐野が欠伸を嚙み殺しながら言った。左前方に巨大な中国様式の赤い門が見えてきたのだ。長崎新地中華街南門（朱雀《すざく》門）である。

朝倉は次の交差点を左折し、中華街東門（青龍《せいりゅう》門）の前にあるコインパーキングに車を停めた。

雨は一時間前に比べれば、小降りになった気がする。二人は傘もささずに車から小走りに通りを渡り、青龍門を潜《くぐ》った。日曜日の夕刻というのに、人通りがない。道の両脇にある雨に濡れそぼった電飾看板が侘《わび》しく見える。雨のせいもあるが、新型コロナ流行の影響なのだろう。

はじめての交差点を右に曲がった。南門から続く道だ。メインの通りだけに傘をさした通行人の姿が多く見掛けられる。

「ここのようですね」

数軒先の右手にある〝中国菜館　出島楼《でじまろう》〟という店の前で朝倉は立ち止まった。

「入りますか」

佐野は赤いドアを開けて入って行く。

朝倉は眼鏡が雨に濡れたので外し、ハンカチで拭《ふ》きながら店に足を踏み入れた。左目の視力が弱いため、運転用に作った度入りの眼鏡である。だが、長時間掛けていると、頭痛がするのだ。

二十坪ほどのこぢんまりとした店である。客は二組、レジ台の脇の椅子に恰幅《かっぷく》のいい白髪の男が座っていた。

「おっ、おまえは、何をしに来た。おまえが来るところじゃない！」

白髪の男は朝倉の顔を見るなり、中国語で捲《まく》し立てた。

「俺が何をしたというんだ。人違いをしているんじゃないのか？」

朝倉は両手を前で振って中国語で否定した。

「おまえの隻眼《せきがん》が証拠だ！」

白髪の男はレジの後ろから金属バットを出して振り上げた。店の客が凍りついている。

「待ってくれ！　俺は日本人の警察官だ」

朝倉はジャケットのポケットから、特捜局のＩＤであるバッジを出して見せた。

「嘘《うそ》を吐け！　騙《だま》されるものか」

白髪の男は激しく首を振った。

「我々は警察官です。上条さんから紹介された佐野晋平です」

佐野が割って入り、日本語で必死に自分のＩＤを掲げた。

「日本人？　本当か？」

白髪の男は、朝倉と佐野のＩＤを見比べて日本語で聞き返した。

「ひょっとして、黄高遠さんですか？　とりあえずバットは下ろしましょう。お客様が怯《おび》えていますよ」

朝倉も日本語で諭《さと》した。下手に中国語で対応したのが、まずかったようだ。それにいつも持ち歩いている伊達眼鏡を、入店前に掛けるべきだった。

「ええ、黄高遠です。すみません。私の勘違いのようだ。奥の事務所で話しましょう」

黄は苦笑すると、バットを下ろした。

朝倉と佐野は奥の厨房《ちゅうぼう》脇を通り過ぎ、ソファーが置いてある八畳ほどの部屋に通された。部屋の片隅に小さなスチールデスクが置かれているので、事務所らしい。食料品の段ボール箱も置かれているので、倉庫の役割もしているのだろう。

「さっきは、悪かった。てっきり、中国のスパイだと思ったんだ。そこに座ってくれ」

黄は大きな溜息を吐くと、ソファーに音を立てて座った。胸を摩っているので、心臓が悪いのかもしれない。

「俺が中国のスパイだと思った理由を聞かせてください」

朝倉と佐野は黄に名刺を渡すと、彼の対面のソファーに腰を下ろした。

「おいは中国共産党員に友人がおる。その友人から不定期だが、情報をもらうのだ。というか、情報を交換しとる。互いに自分の国で情報を活用しているのだ」

落ち着いたらしく、いつのまにか黄の言葉には長崎の方言が混ざっている。黄は立ち上がるとデスクの後ろにある棚から茶器を出した。

「情報を活用するって、あなたもスパイなのですか？」

佐野が真面目な顔で尋ねた。

「ある意味そうかもしれない。いわゆる情報屋です。おいのところに県警の外事課の職員が時折遊びにくる。彼らに中国が日本に害を及ぼすような情報を渡すのだ。警察に協力することで、日本に住む華僑《かきょう》は中国の手先でないと証明し、同胞を守っとる」

黄の声は沈んでいる。これまで、様々な情報を外事課に渡したのだろう。同胞を守るためとはいえ、故国を売っていることになる。彼にとっては苦渋の選択に違いない。

「それで、中国のスパイってなんですか？」

朝倉は尋ねた。黄は佐野の質問で、朝倉のことをすっかり忘れているようだ。

「中央統戦部から殺しも厭《いと》わない林《リン》と馬《マー》という二人の工作員が、九州に送り込まれたと聞いたのだ。その一人は、大柄で隻眼だと聞いとる」

黄は朝倉を指さした。

「私は、オッドアイで隻眼ではありませんが、そのそっくり野郎の目的は何ですか？」

朝倉は黄を刺激しないようにポケットから伊達眼鏡を出して掛けた。

「おいは、そこまでは知らん。だが、中央統戦部に所属しとんなら、共産党の小賢《こざか》しか工作活動に違いなか」

黄は苦虫を噛み潰《つぶ》したような顔で答えた。

中央統戦部は、中国の敵対勢力を国内外での工作活動により、籠絡《ろうらく》することを目的としている。正式名称は、中国共産党中央統一戦線工作部のことだ。

「この情報は、もう県警の外事課に伝えたのですか？」

佐野がメモ帳片手に尋ねた。

「一昨日、長崎県警の外事課に教えたばい。知らんのか。日本の警察ん悪かところは、情報ば共有せんところやな」

黄は小さなお盆に載せた茶碗に入れた中国茶をテーブルに載せた。

「林と馬のことが分かりましたら、ご連絡をお願いします」

朝倉は深々と頭を下げた。追っている事件と関わりはないかもしれないが、自分と似ていると言われたので妙に気になるのだ。

「ところでおまえさんらは何を聞きたかばい？」

黄は茶を啜《すす》りながら尋ねた。

「佐世保界隈《かいわい》で、米軍の機密情報を買いたがっている中国人がいると、我々は聞いています。お心当たりはありませんか？」

佐野は笑顔で尋ねた。顔だけ見ていると好々爺《こうこうや》にしか見えない。

「その手ん輩《やから》は、ようけいる。外事課ん方がよう知っとーと思うばい」

黄は肩を竦めた。

その後、佐野がいくつか質問をしたが、これといった情報は得られなかった。それでも謝礼を払って二人は店を出た。

「腹が減ったな。早く戻ろう」

佐野はビールを飲みながら食事をしたいのだろう。だが、運転する朝倉に気を遣っているのだ。

「せっかくだから中華街で飯を食いましょう。私は飲みませんが、中華料理にビールは合いますよ」

朝倉は一時間前から腹の虫が鳴いている。

「それなら、お言葉に甘えようか」

佐野は手を叩くと、歩き始めた。やはりビールという言葉には勝てなかったらしい。

「佐野さん、やっぱり戻りますか？」

朝倉は佐野に前を歩かせた。通りには相変わらず、飲食店の客と思われる通行人がいるが、傘もささずに歩く不審な男を発見したのだ。さりげなく見回すと、他にもいる。

「えっ、そうか」

佐野は立ち止まって振り返り、朝倉を見た。男たちに気付いていないらしい。

「面倒が起きそうなんです」

朝倉は佐野の背中を軽く押した。

「分かった」

佐野は真剣な表情で頷くと、前を向いて歩き出した。

5

午後七時十分。

朝倉と佐野は駐車場に戻り、車に乗り込んだ。

尾行しているのは、二人である。

「いつでも銃は、抜けるようにしてくださいよ」

エンジンをかけた朝倉は、冗談混じりに言った。よくよく考えれば、朝倉の異相に地元のヤクザが反応した可能性もある。刑事時代、新宿でヤクザに囲まれたことがあった。敵対勢力のヒットマンと勘違いされたらしい。相手に怪我《けが》をさせたくないので、警察手帳を見せたら組織犯罪対策部の刑事に間違われた。もっとも組織犯罪対策部からは、風貌《ふうぼう》だけでヤクザを威圧できると何度も誘われた経験がある。

「冗談だろう？」

佐野は笑ったものの、ウエストポーチのファスナーが塞《ふさ》がらないようにシートベルトを締めた。

朝倉は、駐車場から出るとバックミラーで後方を確認しながら福建通りへ右折した。そのまま築町通りの交差点で左折したが、後方に気になる車はない。

「取り越し苦労だったかもしれませんね」

朝倉は小さく息を吐き出した。

「我々の仕事は、どんな時も気を抜いてはいけない。最近は凶悪犯を相手にすることが少ないから、緊張感に欠けていたようだ。反省したよ。晩飯はコンビニ弁当でもいいさ」

佐野は首を振って笑った。

「そうですね。しかし、長丁場になるかもしれませんから、コンビニ弁当は避けたいところですが」

朝倉も笑うと、次の市民病院前交差点で左折した。道なりに進めば、九州横断自動車道になる。

交差点から百三十メートルほど進み、住宅街の地下を抜ける全長二千九百二十メートルのオランダ坂トンネルに入った。料金所はその先にある。

朝倉はトンネルを抜け、ながさき出島料金所を通過した。五百四十メートルほど先にある長崎料金所も通り、約二・六キロの長崎トンネルに入った。長崎大分線の中でも長崎市は山岳地帯を抜けるためトンネルが続く。その上、料金所を過ぎるとしばらくは片側一車線になり、何かとストレスが多い道路である。

長崎芒塚《すすきづか》インターチェンジを過ぎて一車線から再び二車線になった。斜張橋《しゃちょうきょう》を渡ると、千七百メートルの中尾トンネルになる。

「うん？」

バックミラーを見た朝倉は、右眉を吊り上げた。猛スピードで迫ってくる車を確認したのだ。スピード狂との無用なトラブルは避けるべきだ。それに尾行していた連中という可能性も捨てきれない。八十キロで走っていたが、スピードを下げて走行車線に寄り様子を窺った。

黒のセダンが追越車線でアクアを追い抜くと、走行車線に入る。途端にブレーキを踏んで減速した。

「くっ」

舌打ちした朝倉はブレーキを踏んだ。

凄《すさ》まじい衝撃。

「何！」

バックミラーを見ると、いつの間にか後方に無灯火のトラックが走っていた。前方の車がブレーキを踏む煽り行為に気を取られている隙《すき》に、トラックが追突して来たのだ。二台は連なっていたのだろう。後続のトラックはライトを消していたので気付かなかった。

「トラックだ！　ナンバープレートが見えない」

助手席の佐野が振り返って叫んだ。

「シートに深く座ってください。鞭打《むちう》ちになりますよ」

朝倉は走行車線に出た。すると前方のセダンが、尻を振って走行車線にはみ出して前方を塞いだ。すると再びトラックにぶつけられた。

「くそっ！」

朝倉は必死にハンドルを握って車体を立て直す。左リアバンパーをぶつけられたのでハンドルが取られたのだ。車重で勝るトラックが、まともに横からぶつけてきたらアクアでは耐えられないだろう。

「我々を殺すつもりだぞ！」

佐野が叫んだ。天井に右手を突き上げて体を支えている。

中尾トンネルに入った。トンネルには縁石があり、タイヤがぶつかると跳ね返される。下手に乗り上げれば横転することもあるので危険だ。トンネル内で仕掛けられたらひとたまりもない。

「摑まってください」

朝倉はハンドルを左に切った。

前方の車が一テンポ遅れて左に寄る。すかさず右にハンドルを切ってセダンの右リアバンパーにぶつけた。セダンは制御を失って蛇行《だこう》したが、踏みとどまる。

朝倉は追越車線に入って加速し、セダンと並んだ。乗っているのは、男一人である。セダンは、激しくボディをぶつけてきた。だが、朝倉もボディを押し付けて抵抗する。

「しつこいやつだ」

朝倉はアクセルを床まで踏んで抜け出ると、急ブレーキをかけた。セダンの右フェンダーにアクアのリアバンパーがぶつかる。コントロールを失ったセダンがスピンし、トンネルの壁に激突した。後続のトラックがブレーキ音もむなしく衝突する。

「警察と救急車に通報してください」

朝倉は急ブレーキを掛け、佐野に指示すると車を降りた。

トラックから降りた男が、反対方向に足を引き摺《ず》りながら逃走する。セダンから炎が上がった。トラックの衝突でガソリンが漏れて引火したようだ。

セダンの運転席はエアバッグが膨らみ、中の様子は分からない。

「まずい！」

朝倉は、セダンに駆け寄った。

轟音。

車が爆発し、朝倉は吹き飛ばされた。

佐野が朝倉の両腕を摑んで、車から引き離した。セダンの後部座席が炎に包まれている。

「危ない！」

「救命《ジゥミン》⁉　救命⁉」

運転席から叫び声。中国語で助けてと言っているのだ。

「いかん！」

頭を振った朝倉は立ち上がって猛然と車に近づき、肘打ちで運転席のドアガラスを割った。炎が運転席に移り、エアバッグが燃え上がる。

「くそっ！」

朝倉は内側からロックを外してドアを開けると、燃え上がるシートベルトを引きちぎった。男の頭と上着に火が点《つ》いている。

「ぎゃあ！」

もがき苦しんでいる男を引き摺り出し、朝倉は路上に倒れ込んだ。

「男を頼みます」

朝倉は袖《そで》に火のついたジャケットを脱ぎ捨てた。

「分かった！」

佐野が自分のジャケットで男を叩いて火を消した。髪の毛は焼け、顔面もかなりの火傷《やけど》を負ったようだ。男は、ぐったりとしている。気を失ったらしい。

「別の男を追います」

朝倉は、燃え盛るセダンの脇を抜け、トンネルの奥へと走った。逃走した男は足を負傷していたので、遠くには行っていないはずだ。

百メートルほど先にある非常口の案内板を横目に走る。「↑１３０ｍ・６７０ｍ↓」と記されていた。案内板通り百三十メートルほど進むと、左手にアーチ型に窪《くぼ》んだ場所に非常口があった。ドアに血が付いている。

朝倉はホルスターから銃を抜き、ドアを開けた。

鉄製の階段がある。銃を構えて階段の上を覗く。非常灯が点灯しているが、薄暗い。注意深く階段を上がり、ドアを開けると小さな建物の外に出た。周囲は闇《やみ》に閉ざされている。

ペンライトを出し、銃を構えながら周囲を照らすと、深い森の中であった。少し先に小道があるが、男が道を辿《たど》ったとは限らない。

「くそっ」

舌打ちした朝倉は、非常口に戻った。

フェーズ４：隻眼の男

1

八月二十二日、午後十時二十分、長崎市。

朝倉は長崎中央病院で火傷の治療を受けていた。

襲撃してきたセダンを運転していた男は先に救急車で搬送されたが、まだ手術を受けている。

朝倉と佐野は現場に残り、警察車両と救急車を待った。消防車と救急車が先に到着したので、県警に改めて連絡し、救急車が向かう病院に先回りして警戒するように指示した。犯人の仲間が、病院にくる可能性もあるからだ。また、別の犯人は負傷していることから、県警を通じて医療関係に警戒を呼びかけると共に緊急配備も手配した。

二人は県警の初動捜査班に協力し、鑑識の捜査を見守った。朝倉は犯人の逃走経路も調べるために鑑識課の職員と行動を共にしている。顔や腕に火傷を負っているので先に病院に行くように佐野から言われたが、聞く気はなかった。

四十分ほど前に鑑識作業も一旦終了し、朝倉と佐野は県警のパトカーで病院に送られた。乗っていたレンタカーは、証拠品なので運転することができないからだ。

「運動はしばらく控えてください」

治療を担当した男性医師は、朝倉の腕の包帯を巻き終えると言った。

顔はたいしたことはなかったが、右腕は広範囲に二度の熱傷を負っていた。燃えたジャケットは脱ぎ捨てたが、右腕のシャツも燃えていたことに後で気付いたのだ。着るものがないので、病院のロゴ入りのTシャツを拝借している。

「ありがとうございました」

朝倉は処置をしてくれた医師に礼を言うと、廊下に出た。

「うわっ」

中村が朝倉の顔を見て仰《の》け反《ぞ》った。帰りの車がないため、中村と大竹を呼び寄せたのだ。

「何が『うわっ』だ」

朝倉は表情もなく言った。

「なんだか、迫力のある顔になっていますよ。大丈夫ですか？」

中村は朝倉の顔を指さして尋ねた。襲撃犯を車から助ける際に燃えるシートベルトを力まかせに引きちぎった。その際、溶けたシートベルトが、額から左目にかけて当たったのだ。我ながらますます人相が悪くなったと自覚している。

「たいしたことはない。やつはどうなっている？」

朝倉は廊下を歩きながらじろりと睨みつけた。

「手術はさきほど無事終わり、二階の集中治療室に運ばれました。念のために県警の警察官に警護させています」

中村は表情を引き締めて答えた。朝倉は犯人の状況を知るために付き添うように命じていたのだ。

「尋問はできそうか？」

朝倉は廊下を進んで、待合室に向かった。

「医師に聞いてみましたが、意外と重傷のようです。数時間は意識が回復しないと言っていました」

中村は首を振った。

待合室のソファーに座っていたスーツ姿の男が、立ち上がって会釈した。長崎県警の刑事部捜査第一課の主任である真下健二《ましたけんじ》である。

「お待たせしました。真下さん」

朝倉は右手を上げて、顔を顰《しか》めた。火傷の傷が疼《うず》いたのだ。医者から抗生物質と一緒に消炎剤を処方されているが、まだ薬も受け取っていない。

「警視正。お疲れでしょうから、地元のホテルを予約しましょうか？」

真下は朝倉の部下のように振る舞っていた。警視正は県警本部の各部長と同じ身分であり、彼にとって雲の上の存在だからである。また、彼は特捜局について徹底的に調べていたらしく、朝倉の経歴まで知っていた。

「あの男を尋問できるまでここで待つつもりだったが、無理らしいから帰るよ。すまないが、警備の警察官は二倍にしてくれ」

朝倉は病院の正面玄関を見た。すでに閉まっているが、出入口で警察官が警戒にあたっている。

「了解です」

真下は敬礼すると自分のスマートフォンを出し、電話を始めた。この時間に彼の上司が県警本部にいるとは思えない。自宅に電話をしているのだろう。

「警視正。許可が下りました。応援がすぐにきます」

通話を終えた真下は、笑顔で報告した。警視から警視正に昇格した際は、過分な階級とさえ思っていたが、地方ではスムーズに捜査が進むので納得することもある。警察も自衛隊も階級が物をいう世界なのだ。

「ありがとう。明日にでも、あの男の所持品は見られるかな」

朝倉は助けた男の保護はしたが、身体検査はしていない。特捜局は警察の現場を荒らすような真似をしないように心掛けている。特に今回は、長崎県警に捜査に入ると挨拶をしていなかったので、下手《したて》に出ているのだ。

「そう仰《おっしゃ》ると思い、鑑識から借りてきました。先にお見せしてもよかったのですが、警視正の治療を優先して欲しかったので」

真下は足元に置いていたバッグから、証拠品を入れるビニール袋をいくつか出した。特捜局と合同捜査すると決まっていないので、これは掟破《おきてやぶ》りになる。おそらく真下は、上司に報告せずに独断で行ったのだろう。

「気が利くな」

朝倉はポケットから白手袋を出して嵌《は》めると袋を受け取り、周囲を見回した。

待合室の先に受付カウンターがある。奥に職員がいるようだが、カウンターは使われていない。朝倉は注意深く証拠品入れから中華人民共和国と記されたパスポートを出し、カウンターの上で開いた。すかさず、中村がスマートフォンで撮影する。普段は釣り好きの駄目な男であるが、捜査に入れば気配りのできる男なのだ。

他の袋にはホテルのカードキーと財布などが入っている。すべて中村に撮影させると、慎重に証拠品袋に戻した。

「ありがとう」

朝倉は真下に証拠品を戻した。彼と一緒にいる警察官は、見ないように目を逸《そ》らしている。

「とんでもありません」

真下は証拠品袋をバッグに仕舞うと笑った。

「当面は、逃走犯の逮捕に重点を置いてくれ。現在我々は、特殊な捜査をしているので、こちらの捜査に手が回らない。それに残念だが事件当事者は、基本的に捜査に加われない原則がある。悪いが、合同捜査はできないが、協力は惜しまない。お互い、連絡は密にしよう」

朝倉は真下の肩を叩くと、病院の夜間出入口に向かった。

2

八月二十三日、午前七時二十五分。

朝倉は博多シティーホテルの非常階段を下りていた。

特捜局で借りているホテルの五階は、オーナーの心遣いで一般宿泊客はいないため貸切状態になっている。五階から宴会場のある二階まで非常階段を使えば、一般の宿泊客と会うことはほとんどないのだ。

宴会場正面のロックされた両開きドアには、「内装工事の為、使用できません」という紙が貼ってある。その脇にあるスタッフ用の通路は、あえて非常灯だけにしてあった。二階は、大小の宴会場があり客室はないが、宿泊客が間違って二階に来ないとも限らない。そのため、二階は使われていない雰囲気にしてあるのだ。

朝倉は宴会場脇のスタッフ通用口にあるセキュリティスキャナにカードキーをかざしてドアを開けた。

「おはようございます」

中央に置かれた会議用のテーブルを囲んでいる特捜局の面々が、一斉に振り向いて挨拶した。

「もう揃っているのか」

朝倉は仲間に左手を上げると、二つの長テーブルの端の椅子に腰を下ろした。火傷を負った右手を使うのは、控えるようにしているのだ。

右の長テーブルに佐野と大竹、左の長テーブルには国松と中村が座っている。

「体調は、どうですか？」

右側に座る佐野が、朝倉の腕を見てさりげなく尋ねた。朝倉は腕の包帯を見られたくないので、ポロシャツの上にジャケットを着ている。

「寝たら、治ったよ」

朝倉は普段の顔で笑った。時として痩《や》せ我慢とも言うが、この程度で怪我とは認識しないことにしている。

「あまり、無理をなさらぬようにしてください。昨日、捕らえた中国人ですが、パスポートのＩＤを戸田に調べさせています」

佐野は躊躇《ためら》いながらもさっそく報告した。事件については、昨日のうちに佐野を通じて全員に詳細は伝えてある。だが、事件当事者のため、長崎県警に協力はできるが、基本的に捜査には加われない。そのため、佐野をはじめ仲間は事件について触れないようにしているのだ。

「それじゃ、はじめようか」

朝倉は仲間の顔を見回した。毎朝、午前七時半に捜査会議をすることにしていたのだ。

「県警の外事課から〝Ｓｃｌｏｕｄ〟にアップデートされた中国人のリストと、ＮＣＩＳから送られてきた米国人のリストです」

左手に座る国松が、プリントアウトされたリストを渡してきた。

「マークしている九州在住の中国の諜報員は、二十六人か。ちょっと多いな。外事課ではどう対処するつもりなんだ？」

朝倉は外事課のリストを見て首を捻った。名前と住所まで記載されており、そのうちの十九人が福岡に住んでいるらしい。だからと言って、個別に対応するには多過ぎる人数だ。

「外事課はその中でも要注意人物を十二人まで絞って、情報収集に当たるようです。九時に県警の上野課長が彼の部下を連れて打ち合わせに来ます。具体的な捜査内容は、そこで決まるでしょう」

　佐野は国松に代わって答えた。おそらく聞き込みや張り込み捜査などをするため、特捜局と外事課の捜査官がそこで組まされるのだろう。

「そうだな。俺たちは、あくまでも助《すけ》っ人《と》だからな」

　朝倉は浮かない顔で言った。

「ＮＣＩＳのリストですが、名前と所属が記されていますが……」

　国松が、苦笑を浮かべた。

「基地の中にいる米国人は、我々ではどうにもできません。副局長は、ＮＣＩＳの捜査に加わるんでしょう？」

「いや、どうしようか、迷っている」

　佐野の質問に朝倉は腕組みをした。

「迷っているって、どういうことですか？」

　国松が首を傾げた。

「昨日の襲撃をどう思う？」

　朝倉はあえて事件を話題にした。

　仲間は朝倉に倣ったわけではないのだろうが、全員が腕組みをしている。

「二人の襲撃者とも中国人だとすれば、中国のスパイだと思います。だから、米軍の捜査に協力する副局長と佐野さんの殺害、あるいは捜査妨害を企てたのではないでしょうか？」

国松が答えた。

「長崎新地の中華街の情報屋は、支配人の上条さんから教えてもらった。だが、俺と佐野さんが中華街に行くことを知っていたのは、我々だけだろう。だとしたら、この中にモグラがいることになるんじゃないのか？」

朝倉は鼻先で笑った。このホテルは徹底的に盗聴器や盗撮カメラの有無を調べてある。情報が漏れるはずはないのだ。

「たっ、確かに……」

国松が頭を掻いてみせた。

「とすれば、〝出島楼〟のオーナーから聞いた林と馬じゃないですか？　彼らは中央統戦部の工作員なんでしょう。二人の命を狙うなんて朝飯前ですよ」

中村が指を鳴らし、得意げに言った。

「馬鹿野郎、同じだろう。誰がその中国のスパイに情報を流すんだ」

国松が左手の甲で中村の胸を叩いた。

「そういえば、〝出島楼〟のオーナーから聞いた中央統戦部の林と馬という工作員が密かに来日したという情報ですが、そのどちらかが隻眼で副局長と特徴が似ていると言っていましたね」

佐野が顎《あご》の無精髭を右手で撫《な》でた。

「とすると、襲ったやつらは、副局長とその工作員を間違えたというんですか？」

国松は朝倉の顔をしげしげと見つめ、何度も頷いてみせた。

「俺たちを襲撃した連中は、中央統戦部の工作員を狙っていたんだろう。中国から追って来たのか、日本在住なのか、たまたま中華街にいたのか。あるいは、俺たちのように情報を求めに来た可能性もある。そこで、俺を見て林あるいは馬だと勘違いしたのかもしれない。雨が降っていて視界も悪かった。見間違いということもあるはずだ」

朝倉は淡々と話した。それ以外に考えられないのだ。マスクをしていただけに朝倉のオッドアイが逆に目立ったのかもしれない。

「それなら、納得できます。副局長と似ているというのなら、よほど人相が悪いんですね」

中村は屈託なく笑った。

「馬鹿野郎、場を弁《わきま》えろ」

国松がまた左手の甲で中村の胸を叩いた。

「すみません」

中村が大袈裟《おおげさ》に驚いて頭を下げると、一同が笑顔になった。二人の漫才はいつも場を和ませる。

「だが、中央統戦部の工作員を殺害しようとするのは、いったい誰かということだ。彼らは工作員の活動を阻止しようとしているのかもしれない」

朝倉は唸《うな》るように言った。

「今のところ、病院に入院している男が、唯一の鍵ということになりますね」

佐野は相槌を打った。

「俺は改めて長崎県警に連絡を取って、捜査協力を求めるつもりだ。だが、福岡県警の外事課の件もある。すまないが、中村は外事課と組んでくれ。わざわざ打ち合わせに来てくれるのに、うちの捜査官は使えませんじゃ話にならないからな。長崎県警がいい顔はしないだろうが、俺と中村で対処するつもりだ」

朝倉はあえて中村を残した。再度襲撃される可能性もある。一見頼りになりそうにない男であるが、特捜局で朝倉の次に戦闘力があるからだ。

「敵は凶悪だけに、中村を残した理由は分かります。しかし、副局長も面が割れているので、いかがなものでしょう？」

佐野が疑問を呈した。

「気は進まないが、一応変装できるセットは、持って来た。その点は大丈夫だろう」

朝倉は肩を竦めた。

「それは、ナイスアイデアですよ」

中村が朝倉を見て頷きながら拍手した。変装と言っても、オッドアイを偽装するためのカラーコンタクトレンズと髪を少し茶色に染めるだけだ。元はと言えば、中村のアイデアで、オッドアイを隠すだけで印象が大きく変わる。だが、普段つけ慣れないコンタクトレンズは、目が乾燥して疲れるため気が進まないのだ。それに、変装することで中村がまるで自分の手柄のように振る舞うのも気に食わない。

「なるほど、それなら、服装も変えたほうがいいですね」

佐野がコメントすると、誰しも頷いてみせた。

「それじゃ、各自行動してくれ」

朝倉は会議を締めくくった。

3

午前十時三十五分、長崎県警本部。

朝倉と中村は県警本部の駐車場にトヨタのマークXを停めた。

襲撃でボディに傷がついたレンタカーのアクアは、保険でなんとかなりそうだ。経費節約で下位バージョンを借りたのだが、襲撃時にパワー不足を感じた。そこで、特捜局で覆面パトカーとして使っている二五〇〇CCのマークXを借りることにしたのだ。

二人はエレベーターで三階に上がった。ドアが開くと、「食堂」と記されたシンプルな看板を出す〝県警レストラン〟が目の前にある。一般人も利用できるレストランで、メニューこそ少ないが一品五百円前後で美味いと評判を聞く。

県警本部は二〇一八年に新築されている。だが、食品サンプルもなく長テーブルが置かれただけという簡素なレストランは、警察というよりも自衛隊駐屯地のレストランに雰囲気は近い。

「あれっ。このレストランは定食メニューだけですね」

券売機を見ていた中村が、頭を掻いている。

午前十一時に県警本部に行くと、刑事部捜査第一課の真下と約束していた。捜査協力するための打ち合わせをするのだ。渋滞を見越して出発したのだが、早く着き過ぎたので受付を通す必要がないレストランで時間を潰すつもりだ。

警視庁でも防衛省庁舎のレストランでも、民間のレストランと同じようにコーヒーやお茶が飲める。そのつもりで来たのだが、当てが外れた。

月曜日ということもあるが、昼飯には早いので、客はほとんどいない。数人の私服の客が片隅のテーブルで食べているが、民間人ではなさそうだ。雰囲気からして刑事に違いない。

「仕方がない、ご当地グルメのトルコライスでも食うか」

朝倉は券売機に千円札を入れ、六百円の一番高額なメニューを選んだ。「食べられる時に食べる」のも捜査官としての嗜《たしな》みである。そもそも、通常のレストランの一食分なら朝倉にとって間食のようなものだ。

「そうですね。それじゃ、私はカツカレーにします」

中村もその辺のところは心得ている。

二人は厨房のカウンターで食事を受け取り、窓際の席に着いた。

「これはうまそうだ」

にやりとした朝倉は、スプーンを取った。このレストランのトルコライスは、チキンの唐揚げとナポリタンスパゲッティが添えられたドライカレーに、デミグラスソースが掛けられたトンカツが載っていた。それにミニサラダまでついている。見た目もボリューム満点だ。

「カツカレーもなかなかいけますよ。しかも五百五十円ですから」

中村はカツを載せたカレーを頬張った。

「お二人ともここでしたか」

「うん？」

見上げると、いつの間にか真下が傍に立っていた。夢中になって食べていたので、気付かなかったらしい。気を抜いていたつもりはないが、それだけ美味いということだ。

「昨日、現場にいた警察官が、警視正らしき体格をした人物がエレベーターに乗られるのを見たというので、探しました」

真下は嬉《うれ》しそうに言った。

「早く来たんでね。コーヒーでも飲もうと思ってレストランに寄ったんだ」

朝倉は苦笑すると、真下にテーブルを挟んで対面の椅子を勧めた。

「コーヒーなら応接室でお出ししますよ」

真下はテーブルのトルコライスとカツカレーを交互に見ると、腰を下ろした。普通ならコーヒーの代わりに食事はしないだろうと思っているに違いない。

「あれっ？」

真下が朝倉の顔を見て首を捻った。今日は伊達眼鏡を掛けていることもあるが、正面から朝倉の顔を見てようやくオッドアイでないことに気付いたようだ。それにいつものグレースーツではなく、白いポロシャツに紺の綿のジャケットを羽織《はお》り、チノパンとカジュアルな格好をしていた。かなり、雰囲気を変えたつもりだが、プロレスラーのような体型だけはどうにもならないのだ。

「襲撃目的は、俺だった可能性が高い。だからイメージチェンジしたんだ。俺を見て逃げられると困るからな。すまないが、三分待ってくれ」

朝倉は猛烈な勢いでスプーンを口に運ぶ。ほとんど咀嚼《そしゃく》することはない。刑事時代に身につけた特技だ。

「えっ」

中村は顔を真っ赤にしてカツカレーを食べ始めた。トルコライスは、カツカレーの一・五倍の量はあるが、負ける気はしない。

「急がなくていいんですよ」

真下は二人を交互に見て右手を左右に振った。

「お待たせ」

あっという間に完食した朝倉は、口元をハンカチで拭いた。中村は恨めしそうな顔で最後の一口を口に入れている。先に食べることができなかったので悔しいのだろう。

「それでは、会議室にご案内します。刑事部長もご挨拶させていただきます」

真下は立ち上がった。

「ありがとう」

朝倉が食器を載せたトレーを手にすると、

「お任せください」

真下がすかさず朝倉からトレーを取り上げて、食器を指定の場所に返却した。

「気を遣わないでくれ。居心地が悪くなるだろう」

朝倉は首を横に振ると、中村を見た。にやにやしている。この男は朝倉が嫌がる姿を見るのが好きなのだ。

「そういうわけには……」

真下は言いかけて、ポケットから呼び出し音を奏でるスマートフォンを出して電話に出た。

「……本当か。分かった。ご苦労さん」

真下は頷きながら朝倉を見た。部下からの電話のようだ。

「警視正。病院で待機させていた部下からの連絡で、例の中国人が目覚めました」

真下は通話を終えると、すぐに報告した。

「尋問ができそうだな。その前に刑事部長に挨拶させてくれ」

朝倉は真下を促した。捜査の仁義は通さなければならない。

「了解です。ご案内します。刑事部長室に直接行きましょう」

真下は腕時計を見ると、食堂を出た。

4

午前十一時十分。

長崎中央病院に到着した朝倉と中村は、真下に案内されて二階の集中治療室に向かった。指示した通り、病院のすべての出入口に制服警察官が立っている。警備は問題ないようだ。

廊下に立っている警察官が、二人を見て敬礼した。一階にあるＥＲの集中治療室から今朝移動してきたらしい。

「担当の河村《かわむら》医師から、面会は二十分以内、会話は休みながらと言われました」

真下は緊張した面持ちで両開きのドアを開けた。

二十平米ほどの部屋の中央にベッドが置かれ、頭と右腕に包帯を巻きつけた男が横たわっている。左腕に点滴を打ち、鼻に酸素吸入器を付けていた。また、右手首には手錠が掛けられ、ベッドの手すりと繋《つな》げられている。

「警察の方ですか？　面会の許可は得ていますよね？」

ベッドの傍で立っている白髪交じりの医師が書類を見ながら尋ねた。手にしているのはカルテだろう。年齢は五十前後なので、外科部長クラスかもしれない。警察で保護されている重要な患者なため、じきじきに診察しているに違いない。

「私は県警の真下といいます。先ほど担当医師の河村さんから許可は得ています」

真下は名前を告げ、朝倉をチラリと見た。極秘捜査をしている朝倉に気を遣っているのだろう。

「河村医師ですか。彼の診断は少し甘いかもしれない。面会も会話も五分以内としてください」

険しい表情になった医師は、朝倉を見つめながら咎《とが》めるように言った。

「診察は終わりましたか？」

朝倉は笑顔で尋ねた。さっさと出て行って欲しいのだ。

「患者の容体はまだ安定していませんから、手短にお願いします」

医師は溜息を吐くと病室を出て行った。朝倉らにかなり腹を立てているようだ。

「尋問はお任せします」

真下はそう言うと一歩下がった。県警も管轄とはいえ、特殊な事案だと認識している。

朝倉が県警本部を出る際に挨拶した刑事部長から特捜局主体で構わないと言われていた。

「とりあえず、名前を聞こうか？」

朝倉は中国語で尋ねた。英語と中国語の会話に不自由はしない。

男は中国語に反応し、朝倉を見たが口を閉ざしている。

「おまえは、中央統戦部の林と馬を狙っているんだろう？」

朝倉はさりげなく男の左腕を右手で握った。痛み止めは飲んでいるだろうが、患部に触れられれば痛いはずだ。面会時間がないのなら、それなりの方法をとる他ない。

「止めろ！　知らない！」

男は中国語で叫んだ。

「林と馬の暗殺を命じられているはずだ。違うか？」

朝倉は摑んだ右手の力を緩めた。

「何のことか分からない」

男は顔を背けた。

「しぶといやつだ」

男の腕から手を外すと、朝倉は伊達眼鏡とカラーコンタクトも外した。

「よく見ろ、おまえたちが襲撃したのは、この俺だ」

朝倉は男の頭を摑んで無理やり顔を向けさせた。

「貴様！　馬振東《シントウ》！」

男は両眼を見開いた。

「おまえが狙っている男は、馬振東というのか。やはり、勘違いしているようだな。俺は日本人の朝倉という特別捜査官だ」

朝倉は特捜局のバッジ付きのＩＤを出し、男に見せた。

「ばっ、馬鹿な。おまえは日本の警察官に化けているのか？」

男は半身を起こそうとしたが、手錠に遮られた。

「興奮するな。俺は生粋《きっすい》の日本人だ。馬振東は、そんなに俺に似ているのか？」

苦笑した朝倉は、肩を竦めた。

「……嘘を吐け。おまえは変装もうまいと聞いている」

男は目を細めた。

「おまえは日本語が分かるか？」

「当然だ。私は優秀なのだ」

「何が優秀だ。中村、この男は日本語が話せるそうだ。俺が中国人の工作員だと思っているようだ。俺が何年前から警察官だったか、教えてやってくれ」

朝倉は鼻先で笑って言った。

「朝倉警視正は、十六年前から警察官です。その前は、自衛官だったんですよ。オッドアイの怖い顔になられたのは、米軍との合同演習訓練中の事故だそうです。それでも意外とモテるんです。そもそも自衛隊も警察も出生は厳しくチェックされます。中国人のはずがありませんよ」

中村はベッドに近付き、どうでもいい情報を交えて説明した。

「本当なのか？」

男は朝倉の顔を繁々《しげしげ》と見て首を傾げた。

「本当です。私は警視正が警視庁に勤務している時から知っています。一緒に釣りにも行く仲ですから嘘は吐きませんよ」

中村は真面目な顔で答えた。

「おまえたちは、俺を馬振東と勘違いして襲撃したんだ。余計な怪我をしたな」

朝倉は笑った。

「なんてこった」

男は大きく首を振った。

「おまえのことも知りたいが、馬振東の情報を教えろ」

朝倉は男の胸ぐらを摑んだ。

「それはできない。私が殺されてしまう。だが、馬振東と林波《ボー》は、危険だ。注意することだな」

男は首を振ると、口を閉じた。馬と林のフルネームを教えたことで、これ以上は何も言わないということだろう。彼なりのリップサービスだったに違いない。

「そうか。また来る。ゆっくり体を治せ」

朝倉は男の肩を叩いた。

ドアが開き、若い医師が入ってきた。

「河村さん、尋問が終わったところです。ありがとうございます」

真下は医師に頭を下げた。

「もう、終わったんですか。今朝の診察でも容体は安定しています。午後には一般病棟に移すことができます。短いに越したことはありませんが、さほど気を遣われることはないと思いますが」

河村は苦笑を浮かべ、心電図モニターを見た。

「さきほど診察された年配の医師は、まだ安定していないと言っていましたよ」

朝倉はじろりと医師を見た。カラーコンタクトも伊達眼鏡も外したままである。

「えっ、年配の医師？　誰だろう。そもそも、看護師ならともかく、集中治療室に入れる医師は、担当の私だけですから」

河村は朝倉の顔を見てぎょっとしたが、首を傾げた。

「五十前後の白髪交じりの医師でしたが……」

朝倉は河村の胸元を見て右眉を吊り上げた。ＩＤカードを首から提《さ》げているのだ。ここに来るまでに廊下ですれ違った看護師も、ＩＤを首から提げていた気がする。

「その医師は、ＩＤカードを身に付けていなかった。それはあり得ますか？」

朝倉は河村のＩＤカードを指さした。

「ちょっと考えられませんね。この病院は全職員にＩＤカードを首に提げて見えるように義務付けています。それに医療スタッフが出入りする場所は、ＩＤカードがないとドアが開きませんから」

河村はゆっくりと首を振った。

「真下さん、さっきの男は偽医師かもしれない。出入口を閉鎖する。院内の警官に無線で連絡をするんだ。行くぞ」

朝倉は指示を出すと、中村と病室を飛び出した。

5

午後十時、長崎市。

朝倉と中村は県庁坂通り沿いにある〝ニューエージホテル長崎〟にチェックインしている。

県警本部からは八百メートルほど、長崎中央病院からは百メートルも離れていないという立地条件で選んだ。

警戒が厳重な病院に、医師に扮した男が病室にまで侵入した。負傷した中国人の仲間なのか、あるいはヒットマンなのかは分かっていない。朝倉は病院をすぐさまロックダウンしたが、まんまと逃走を許している。そのため、病院の警備をさらに厳重にし、朝倉らも博多には戻らずに病院の近くで待機することにしたのだ。

午後になって、改めて中華街に聞き込みをした。黄高遠には昨日の聞き込み後に襲撃されたことは知らせずに、中央統戦部と敵対する中国系の組織はないか尋ねた。病院に侵入した男の手掛かりがあればと思ったのだ。中央統戦部は反政府勢力や不満分子の取り締まりをしているため、敵は中国の内外に多いと漠然とした答えが返ってきた。病院での出来事を教えるべきか迷ったが、所詮相手は民間人だと諦めた。

夕方、ホテルにチェックインし、福岡で活動している佐野らとＷｅｂ会議をした。お互いの情報交換である。テキストベースの情報は〝Ｓｃｌｏｕｄ〟にアップロードしているが、画面上だとしてもお互い顔を見て会話形式での打ち合わせに勝るものはない。

福岡県警外事課との聞き込みでは、九州横断自動車道の襲撃事件についても新たに確認するべく対象者の昨夜のアリバイを調べている。聞き込みも切り口が多い方が、情報は得られる。だが、リストアップされた要注意人物はすべて確認したが、今のところ得られるものはなかったらしい。明日も引き続き、外事課との合同捜査は進められる。

監視活動も含めて聞き込みも地道な捜査だが、外事課の捜査官はよく心得ているらしい。佐野らが元警視庁捜査一課や中央警務隊の腕利きの捜査官という経歴のため、彼らも全幅の信頼を寄せているそうだ。捜査はベテランの佐野を中心に進められている。

朝倉はシャワーを浴びて私服に着替え、スマートフォンでメールのチェックをしていた。

ホテルで用意されているパジャマで眠るつもりはない。緊急事態に備えるためだ。幸恵とは結婚して二年になるが、今のところ夫婦間に大きなトラブルもなく、円満と言える。だが、自宅でもパジャマで就寝することはないので、彼女はくつろげないと不満らしい。

着信音がし、新たなメールが届いた。

〝仕事で九州に来ている。急で悪いが、緊急の打ち合わせがしたい。出島の旧石倉の前で待っている。旧出島神学校の裏木戸を開けておいた。藤堂《とうどう》〟

開けてみると、知り合いの藤堂浩志《こうじ》からのメールであった。

藤堂はプロの傭兵《ようへい》で、凄腕《すごうで》の傭兵仲間とチームで仕事をしている。彼らは日本だけでなく、外国政府からも極秘の任務をオファーされるという。世界情勢を熟知しているので、何か有力な情報が得られるかもしれない。

朝倉は三年前にＮＣＩＳとアフガニスタンで合同捜査をした。その際、現地で通訳兼案内役として藤堂の仲間の寺脇《てらわき》京介《きょうすけ》と一緒に仕事をしている。それがきっかけで、藤堂とも知り合ったのだ。

ヒップホルスターにＨ＆Ｋ　ＳＦＰ９を収めると、綿のカジュアルジャケットを羽織った。ホテルを出ると県庁通りを渡り、東に進んで路地に入る。そのまま江戸町通りを抜けて出嶋橋《でじまばし》で中島川《なかしまがわ》を渡った。右手が出島跡である。

江戸時代に築造された出島は、明治以降に周囲が埋め立てられて陸続きになったが、一九九六年から整備事業計画が策定され、復元されつつある。出島内の商館や石蔵だけでなく、埋め立てられた南側と西側の護岸も復元されて堀を巡らし、将来的には扇形の人工島の輪郭も蘇《よみがえ》るという。

橋を渡った坂道の右手は出島の塀瓦が続いており、右前方に旧出島神学校の洋風の木造建築が建っている。二十メートルほど先に木造の引き戸式の門があった。裏木戸なのだろう。門は閉じられていたが、試しに力を入れると動いた。内鍵が外されているようだ。

朝倉は周囲を見回して人気《ひとけ》がないことを確認すると、出島の敷地に足を踏み入れた。出島は午前八時から午後九時まで公開されており、この時間は無人である。藤堂のメールには「緊急」と書いてあったが、これほど極秘の打ち合わせに適した場所はないだろう。

出島史料館本館となっている旧出島神学校の脇を通り、石畳の道を進むと石造りの蔵の前にあるベンチに男が座っている。閉館しているため照明は消えており、四十メートルほど南の出島通りの街灯が闇を照らしているが、暗いので顔は認識できない。輪郭が分かる程度である。

「呼び出してすまなかったな」

朝倉が近付くと、男は立ち上がった。藤堂ではなく、病院で聞いた声だ。

「貴様！」

朝倉は銃を抜いて男に銃口を向けた。

「ほお、日本の警察官とは思えない素早さだ。そもそも、銃を携帯しているとは、型破りだな」

男は低い声で笑った。長崎中央病院の集中治療室に侵入した偽医者の声に間違いない。

「何者だ？　俺を呼び出すとは」

朝倉は銃口を向けたまま立ち止まった。男は立っているだけだが、隙が全くない。高度な格闘技か武道を身に付けているのだろう。

「私の名は、影山夏樹《かげやまなつき》、藤堂の知人だ。病院で会ってからすぐに君のことを調べた。特戦群のエースだったらしいな。だが、資料から君の人間性は分からない。そこで、共通の友人である藤堂に直接聞いてみた。彼は君が、信頼できる人間だと言っていた。だから、直接会うことにしたのだ」

影山は淡々と言った。目が暗闇に慣れてきたので、顔は認識できる。だが、病院で見た男とは、顔が違っていた。おそらく変装していたのだろう。

「あんたは俺を調べ尽くしたようだが、俺はあんたを知らない」

朝倉は銃を構えたまま言った。特戦群の情報はトップシークレットで、防衛省のサーバーをハッキングしたのだろう。

「私は公安調査庁の特別捜査官だった。今はフリーの諜報員だ。ある人物から、彼の二人の部下に協力するように要請を受けた。そのうちの一人が、病院に入院している。名前は許崑《キョコウ》、中国の諜報員だ」

影山は冷めた表情で答えた。彼も諜報員だというのなら納得である。

「とすれば、中国から仕事を依頼されているということか。それなら敵と判断してもいいな？」

朝倉は苦笑した。

「物事を単純に考え過ぎだ。君にそっくりな馬振東とその相棒の林波は、中央統戦部に所属している上尉の階級を持つ諜報員だが、やつらは裏の顔も持っていた。というか真の顔と言った方がいいかもしれない。〝紅軍工作部〟と言われる党主席室直下の極秘諜報組織の工作員だ。彼らは中国ではなく党のためなら何でもする。今回は米軍の機密情報を盗み出し、情報元の暗殺が任務らしいのだ。許崑と相棒はそれを阻止するべく派遣されている。まさか、よりによって君を馬振東と間違えるとは許崑も不運だったな」

影山が僅《わず》かに口を動かして笑った。

「筋は通っているが、信じ難い。そもそも馬振東が、党主席室直下の工作員というのなら、その活動を妨害する許崑は、反逆行為じゃないのか？」

朝倉は首を捻ったものの、銃を下ろした。影山が銃の存在を一切気にしていないからだ。

「中国は複雑なのだ。習近平《しゅうきんぺい》は毛沢東《もうたくとう》になりたがっている。党主席室はその意向に従い、粛清と謀略で習近平を唯一無二の存在にし、その勢いで欧米を跪《ひざまず》かせようとしている。

それを阻止したいという勢力も存在するということだ。私はクライアントを国籍で区別はしない。だが、日本の国益に反する仕事は絶対引き受けない。まして、私の信ずる正義に反する行いはしないのだ」

影山は鋭い視線で言った。

「反政府的な中国の組織に与《くみ》することが、日本の国益になるというのか。だが、人によって正義の定義は違うはずだ。まして、俺は疑《うたぐ》り深い。まずは、おまえの言ったことが真実かどうか確かめる他ないだろう」

朝倉は首を振ると、銃をホルスターに戻した。

「私の話を裏付けることはできないだろう。日本の諜報機関は情報が遅れているからな。紅軍工作部のことも知らないはずだ。さっきも言ったが、藤堂に衛星携帯で電話を掛け、人物確認をしてくれ。今はアフガニスタンで仕事をしている。盗聴されている可能性もあるから俺の名前は出さないでくれ。事前に藤堂には、名前の代わりにコードを教えてある」

影山は英数字を組み合わせたコードと衛星携帯の電話番号を言った。

アフガニスタンと言われてピンときた。タリバンが八月十五日にカブールを陥落させ、現政権は崩壊している。日本人の大使館員は十七日に英国の軍用機で脱出しているが、まだ、取り残された邦人や日本に協力してきたアフガニスタン人が数多く残されているそうだ。藤堂なら彼のチームとともに現地で残された人々を救出するために働いているに違いない。

「分かった」

朝倉はスマートフォンを出した。

フェーズ５：佐世保米軍基地

1

八月二十四日、午前九時五十分。

マークXのハンドルを握る朝倉は、鳥居にぶら下がる看板を横目に米海軍佐世保基地の正面ゲートに入った。

朝倉の車の前に三台の車が並んでいる。先頭の車に何かトラブルがあったのか、ゲートが開く様子はない。

ホテルを八時過ぎに出ている。中村は長崎中央病院に入院している許崑を監視させるため、残してきた。朝倉が単独で行動することに中村は反対したが、カラーコンタクトを嵌めて髪の色も変えているので心配ないと納得させた。本当は、襲撃者の正体が分かったので当面襲われる心配がないからだ。

昨夜、公安調査庁の特別捜査官だったという影山が接触してきた。今はフリーの諜報員で身分は旧知の藤堂に聞いてくれという。そこでアフガニスタンにいる藤堂に電話を掛けて聞いたところ、海外で何度か仕事を一緒にしたことがあるという。謎の人物だが、人間性は保証するとまで言われた。

影山からは様々な情報がもたらされた。中央統戦部の馬振東と林波という二人の工作員は、紅軍工作部という党主席室直下の諜報機関に所属しているという。紅軍工作部はごく一部の共産党幹部だけが存在を知るという極秘の諜報組織らしい。馬振東らは佐世保で米軍から原潜の極秘情報を得ると同時に情報源を殺害することを命じられているそうだ。

だが、それが実行されれば、中国は米国を完全に敵に回すことになる。米国は、報復として二〇二二年に行われる北京《ペキン》冬季オリンピックのボイコットや経済制裁を同盟国に呼びかけるだろう。そのため、軍の一部で紅軍工作部の謀略はもはや暴走で国家の危機だと問題視しているそうだ。

中でもとある軍の情報機関が、密かに紅軍工作部の活動を封じるために動いているという。影山はそこから依頼されているらしいが、詳しくは教えてくれなかった。守秘義務ということもあるが、彼自身命の危険があるからだろう。

影山は朝倉を誤って襲撃した許崑と武玉寧《ブギョクネイ》の二人をサポートするように依頼されていたそうだ。許崑の様子を窺うため大胆にも病院に忍び込んだらしい。また、武玉寧は足を骨折したので、任務を遂行することは不可能な状態のようだ。そのため、影山は彼らの任務を引き継ぐことになった。影山の場合、フリーなので任務遂行の方法は任されており、朝倉と組んで作戦を遂行することを選んだというわけだ。

ただし、彼の存在を他言してはならないという条件付きである。情報源を秘密にすれば、情報は仲間に教えても構わないと言われている。もっとも、大元の情報が人民軍のとある情報機関となれば、朝倉も他言はできない。

ゲートの列が動き、朝倉の番になった。先頭でトラブっていた車の運転手は、書類に不備があったのだろう。結局、入場することができずに脇に退《ど》かされた。

「ＩＤを拝見します」

警備員が運転席の脇に立った。

朝倉は無言で特捜局のＩＤとＮＣＩＳが発行してくれたアドバイザーとしての特別許可証を渡した。メールに添付されていたものをプリントアウトしたもので、正式な許可証は直接貰《もら》うことになっている。仮の許可証だが、入場許可のバーコードが印字されているので問題ないだろう。

「確認しました。あなたはエスコートなしで入場できます。ＮＣＩＳの支局の場所は、分かりますか？」

警備員はＩＤと特別許可証を返し、丁寧に対応している。ＮＣＩＳの関係者ということが効いているのかもしれない。

「大丈夫だ。道順は分かっている」

朝倉はＩＤを仕舞い、特別許可証を外部から見えるようにダッシュボードに載せた。米軍基地の入場手続きは熟知している。警備員も朝倉に笑顔で対処した。

メインロードを進んで最初の交差点を右に曲がり、百メートルほど先にある建物の前の駐車スペースに車を入れる。ＮＣＩＳの米海軍佐世保基地支局が入っている建物だ。

「久しぶりだな」

車を降りた朝倉は、出入口の階段の上に立っているブレグマンに右手を上げた。ゲートから連絡を受けて待っていたのだろう。

「ようやく来たか。待ちかねたぞ。一昨日、襲撃されたんだって？　相変わらず危険を呼ぶ男だな」

ブレグマンは笑うと、手招きした。マスクをしていない。新型コロナのワクチンを接種したのだろう。日本人はワクチンを接種してもマスクを掛けるが、米国人は掛けたがらない。

「色々手間取ったんだ。ハインズはいるか？」

朝倉は階段を駆け上がると、ブレグマンと拳を合わせた。

「会議室で待っている。君のことだから、時間前に来ると思っていたからな」

ブレグマンは建物に入った。

「遅れるよりはいいだろう」

会議は午前十時からである。長崎市内で多少の渋滞はあったが、九州横断自動車道はさほど混んでいなかった。

ブレグマンはスタッフルームを横切り、突き当たりのドアを開けた。

二十平米ほどの部屋で、長テーブルの両サイドに四脚ずつ椅子がある。左奥の椅子にハインズが座っていた。その左隣りの二人の白人男性は初顔合わせだ。男たちは立ち上がった。

「わざわざすまなかったな。こちらは、サルバドール・セペタ支局長、その隣りは支局のジョン・リンチ特別捜査官。支局長、こちらは日本で最も優れた捜査機関、特別強行捜査局の副局長でもある朝倉特別捜査官だ」

ハインズは二人を簡単に紹介すると、腰を下ろした。愛想のない形式的な紹介は、彼らが戦力になっていないと暗に語っているのと同じ気がする。

ブレグマンはハインズの前の席に座ったので、朝倉はその隣りの椅子を引いた。セペタの前の席である。

「さっそくだが、情報漏洩者は絞り込めたのか？」

朝倉も席に着き、本題に入った。時間を無駄にしたくないのだ。

「当初絞り込んだ五名の海軍上級士官と技術者は、二十四時間体制で監視している。まだ、絞り込めていない」

ブレグマンが答えた。

ＮＣＩＳが五人を直接尋問しないのは、彼らを泳がせて情報を渡す中国の諜報員も逮捕するためである。新型コロナの流行で基地の出入りが自由にできない分、五人が許可なく外部に出ることはできない。その分、捜査は長期戦になるだろう。

「銀行口座は調べたよな？」

朝倉は腕組みをしてブレグマンを見た。

「他にも隠し口座があるのかもしれないが、彼らの銀行口座に不正な振り込みはない。怪しい素振りもないから、正直言って絞り込んだ五人が該当者なのかも確信が持てなくなっている」

ブレグマンが肩を竦めた。

「それじゃ、こちらから新しい情報を出そう。日本の情報機関からの極秘情報だ。俺の命を狙ったのは中国人民軍の情報機関に所属している工作員だ。俺を紅軍工作部の諜報員である馬振東と間違えたらしい。この男は隻眼で俺に酷似している」

朝倉は紅軍工作部の説明も加え、スマートフォンに画像を表示させてブレグマンに渡した。

昨夜、影山から提供された画像である。四年前に撮影された軍服姿の写真だが、朝倉が見ても似ていると思った。馬振東の身長は一八二センチで体格も似ているそうだ。許崑らが勘違いしたのも仕方がないと言える。林波は最近顔面整形したらしく、新しい顔写真はないらしい。

「確かに似ているな」

傍から覗き込むようにして見たハインズが頷いた。だが、セペタとリンチは、朝倉を見て首を捻っている。

「俺は隻眼じゃないが、オッドアイだ。また襲われたくないんで、カラーコンタクトを入れている」

朝倉は左目を指さし、セペタらに言った。

「その男と漏洩事件との関係は？」

ハインズが尋ねた。

「馬振東と彼の相棒である林波は米軍の原潜の機密情報を得て、その情報漏洩者を殺害することを目的としているらしい」

朝倉は影山から得た情報を披露した。

「中国側の諜報員を特定したというのか」

ハインズは両眼を見開いた。

「そこで提案がある。現在マークしている五人の男たちに、直接接触させてくれないか」

朝倉はそう言うと左目のカラーコンタクトを外し、オッドアイを見せた。

「なっ！」

セペタとリンチが、同時に声を上げた。

「ＮＣＩＳとしては、問題ない」

ハインズがにやりとした。

2

午後四時二十分、米海軍佐世保基地。

サングラスを掛けた朝倉は、基地内にあるＮＥＸショッピングセンターに入った。

買い物客の多くはカジュアルな格好をしているが、基地の中だけに迷彩の軍服のままショッピングしている兵士もいる。

朝倉もＴシャツにジーパンという軽装なので、プロレスラーのように盛り上がった大胸筋が目立つ。だが、筋肉自慢の米兵は珍しくないだけに気にする者はいない。

――こちらブレグマン、ターゲットは化粧品売り場にいる。

ブレグマンからの無線である。機密情報漏洩者と疑わしき人物を手分けして監視しており、ブレグマンとマルテスはアルファチームとして対象者の一人を見張っている。

――こちらマルテス、ミスター・朝倉を誘導します。

マルテスが応答した。

「こちら朝倉、了解」

朝倉は数メートル先にいるマルテスをさりげなく見た。

午前中の捜査会議で朝倉が中国側の工作員馬振東と似ていることを利用し、囮捜査をすることに決定した。

ＮＣＩＳがマークしている人物に朝倉が一人ずつ接触し、相手の出方を見るのだ。漏洩者が馬振東と取引をしていれば、必ず反応するだろう。馬振東でなくとも、東洋系の男が接触してくれば、それなりの反応はあるはずだ。

対象者は五人いるが、手始めは、海軍少佐のジェフ・メイベリーである。彼は非番で買い物のため一人で住居エリアから出てきた。家族は夏休みで帰国しているそうだ。

朝倉は打ち合わせの後、ＮＣＩＳの支局で五人の対象者の資料を頭に叩き込み、彼らが動くのを待っていた。

マルテスは後ろの朝倉を気にしつつ、売り場の通路を進んで行く。基地の施設や地理は覚えたのだが、スーパーの売り場の情報まではさすがに把握していない。マルテスの誘導でまっすぐ対象者まで辿り着けるだろう。

マルテスが立ち止まって視線を右前方に向ける。その視線の先にある男性化粧品が並べられた棚の前に、白人男性が立っていた。メイベリーである。

朝倉はサングラスを外し、さりげなくメイベリーの隣りに立った。

メイベリーが男性用クリームのボトルを取ろうと、右手を伸ばした。朝倉は、いち早くそのボトルを左手で取る。メイベリーが朝倉を見た。

「失礼」

朝倉は落ち着いた声で言った。

「いや、こちらこそ」

メイベリーは朝倉の顔を見て両眼を見開き、一瞬固まった後にその場を離れた。反応が微妙だ。単純に朝倉のオッドアイというか強面《こわもて》に驚いたのかもしれないし、期せずして会ったので朝倉を避けたようにも見えた。

――こちら、ブレグマン。感触はどうだった？

ブレグマンが尋ねてきた。

「オッドアイを見て驚いていたようだ。だが、あんな態度をされるのは、俺にはお馴染《なじ》みだ」

朝倉は首を振った。

――もう一度アタックするか？　ターゲットはファッションエリアに移動している。

ブレグマンはメイベリーをまだ追跡しているようだ。

マルテスも移動を始めた。

「もう一度、トライしてみよう」

朝倉はマルテスに従って足早に進む。

数十メートル先でマルテスが立ち止まり、左前方に顔を向けた。メイベリーはラックに掛かっている夏物のジャケットを見ている。

朝倉はその背後から近付いた。

「なっ、なんなんだ？」

メイベリーがいきなり振り返って睨みつけた。気配を感じたというより、警戒していたようだ。

「偶然ですよ。だけど、以前にも会ったことありませんか？　私はそんな気がしますが」

朝倉は、大袈裟に肩を竦めた。

「いや、ない。人違いだろう」

メイベリーはまたしても顔を背けると、売り場を去った。

「どうだ？」

ブレグマンが近付き、首を傾げながら尋ねた。

「さっきと同じだ。白でも黒でもない。グレーだ。これ以上の結果を求めるのなら、直接尋問することだな」

朝倉も首を捻るほかないのだ。

「分かった。次に行こう。技術者のライアン・コラレックが、アンソニーズ・ピザで飯を食っているそうだ。ブラボーチームが見張っている」

ブラボーチームは、フォックスとベンダーである。

「晩飯前にピザを食えばいいんだな」

朝倉は何食わぬ顔でサングラスをかけた。

アンソニーズ・ピザは、NEXショッピングセンターの西にある旧日本海軍（佐世保海軍鎮守府）が建造した赤煉瓦倉庫群にほど近いフードコートに入っている。

朝倉とブレグマンはショッピングセンターの駐車場を抜けて百メートルほど歩き、フードコートの建物に入った。マルテスはそのままメイベリーの監視をさせるため残してきた。飯時ではないが、結構賑《にぎ》わっている。新型コロナの流行で外出もままならない米軍関係者にとって、フードコートは息抜きの場所なのだろう。サブウェイにアンソニーズ・ピザ、ダンキン・ドーナツ、それにポパイズ・ルイジアナ・キッチンのカウンターがあり、各店の前にテーブル席がずらりと並んでいる。

アンソニーズ・ピザ側のテーブル席でフォックスとベンダーが、コーヒーを飲んでいた。彼らから二つ離れた席でライアン・コラレックがピザを食べている。

朝倉はカウンターでスライスコンボ（ドリンク付き）を注文し、ペパロニピザとサラダを入れた三角の紙トレーとコーラを受け取った。席を探す振りをしながらコラレックのテーブル席の前で立ち止まった。コラレックは、ちらりと朝倉を見上げた。四十二歳、結婚しているが子供はいない。単身赴任らしい。

「あなたは、確か、コラレック。そうだ、ライアン・コラレックですよね」

視線が合ったので笑顔で言うと、コラレックの前の椅子を引いて座った。

「そうだけど、君は、誰？」

コラレックは摑んでいたピザを紙トレーに戻し、首を傾げた。

「馬振東ですよ。覚えていませんか？」

朝倉はサングラスを外し、顔を突き出すように相手に見せた。

「すみません。ちょっと記憶がありませんね」

眉間《みけん》に皺《しわ》を寄せたコラレックは、頭を掻いている。迷惑だと顔に書いてあるようだ。

「私が一方的に覚えているだけかもしれませんが、五年前にキングズベイ海軍潜水艦基地で、ご挨拶しました。もっとも、あの時は、我々は団体の基地見学でしたから」

朝倉はコラレックの経歴を元に適当に話を作った。

「キングズベイ海軍潜水艦基地ですか、確かに以前勤務していました。たまに見学者に同行することもありましたが、すみません。私は物忘れが激しくて」

コラレックは笑顔で答えた。この男はどうやら白のようだ。朝倉の顔を見ても反応を示さない。

「奇遇だと思って声を掛けただけですから、気にしないでください。せっかくですから、一緒にピザを食べましょうか」

朝倉は愛想笑いを浮かべると猛烈な勢いでピザを平らげ、コーラを飲み干して席を立った。

3

午後六時五十分。

朝倉が運転するマークXは、米軍佐世保基地のゲートを出た。

数分後、国際通りを進んで佐世保川を渡り、次の交差点で右折する。朝倉は、数百メートル先のニュー佐世保ホテルの駐車場に車を入れた。米軍基地からは五分と掛からない距離である。

着替えを入れたバッグを手に、駐車場側の出入口からラウンジを抜けてフロントの前に立った。

「予約していた。朝倉だ」

ブレグマンから米軍基地内のホテルに宿泊するように勧められたが、息が詰まると断った。大きな米軍基地には、米軍関係者やゲスト用のホテルがある。佐世保基地にも二つのホテルがあった。

「朝倉様ですね。ご予約承っております。それから、畑中《はたなか》様からご伝言を預かっております」

フロント係の男性が、宿泊カードと封筒をカウンターの上に出した。

朝倉は小さく頷き、宿泊カードにサインして返した。

「五〇二号室です。ごゆっくり」

「ありがとう」

部屋のカードキーと封筒を受け取った朝倉はエレベーターに乗り、ドアが閉じると封筒を開けてメッセージカードを読んだ。

〝六〇八号室　畑中〟と記載されている。朝倉は六階のボタンを押した。影山からのメッセージである。あらかじめ畑中と名乗ると言われていたのだ。米軍基地から出たのは、影山と打ち合わせをするためであった。

六階で下りた朝倉は、迷わず六〇八号室のドアをノックした。

ドアが開き、男が顔を覗かせた。

「えっ」

朝倉は右眉をピクリとさせた。影山のはずだが、昨日見た時と違って老け込んでいる。

外見はどう見ても五十代後半だ。病院で見た偽医者の顔よりも年齢が上に見える。

「私は、素顔でいられるほど心臓が強くないんだ。入ってくれ」

影山は、表情も変えずに首を振った。

「君の素顔をほとんど見たことがないと藤堂さんから聞いたが、本当だったんだ」

朝倉も苦笑を浮かべると、部屋に入った。

「職業柄プライベートでも素顔をさらけだすことは滅多にない。だから仕事上の付き合いで、私の素顔を見ることはないんだ。何か飲むか？」

影山は朝倉にベッド脇の椅子を勧め、備え付けの冷蔵庫を開けた。年齢は近いらしいのでタメ口で問題ないが、外見は年配に見えるのでいささか抵抗がある。藤堂からはそのうち慣れると言われた。影山は超がつく優秀な諜報員で、表社会の人間ではないのだ。

「水をくれ。喉《のど》が渇《かわ》いている」

朝倉は気を遣うことなく答えた。

「どうだった？」

影山はペットボトルを投げ渡した。

「今日は、三名に接触した。ジェフ・メイベリー海軍少佐、彼はグレー。技術者のライアン・コラレックは、白。ネリー・ダーカー海軍少佐も白。手応えがなかった。明日は、残りの技術者と海軍中佐に接触するつもりだ」

ペットボトルをキャッチした朝倉は、キャップを開けながら答えた。コラレックと接触した後、一時間ほど待機した。対象者らのプライベートタイムを狙っているので、彼ら次第なのだ。ダーカーが基地内の軍用病院に現れたので、朝倉も病院に行った。ダーカーは朝倉の顔を見て眉一つ動かすことはなかった。

「彼らが平静を装っている可能性はないのか？」

影山もペットボトルの水を飲みながら尋ねた。

「可能性は否定しない。だが、コラレックとダーカーは、外してもいいだろう。俺の顔に反応しなかったからじゃない。犯罪者あるいは犯罪に関わっている者特有の匂いがしないのだ」

朝倉は、ペットボトルの水を半分ほど飲み干して答えた。刑事時代に養った勘である。犯罪者はその人物が醸《かも》し出す危険な匂いで分かるのだ。抽象的な言い方だが、これまでさまざまな犯罪者と対峙《たいじ》してきた経験値である。

「匂いか。元刑事らしいな。五人の対象者の銀行口座に不審な動きはない。漏洩者は金でないのなら弱みを握られているはずだ」

影山は能面のような顔で言った。感情を一切出さないようにしているようだ。仲間にもけっして隙を見せないのだろう。

「俺もそう思う。誰しも大なり小なり弱みを持つからな」

朝倉は相槌を打った。

「今の中国人は、自由と引き換えに高度に発達したデジタル社会に生きている。その結果、誰しもスパイになる可能性があるんだ。それが留学生だろうと旅行者だろうと例外はない。留学生の友人が日本の政財界の関係者だと分かると、安全部から電話が入る。スパイにならなければ、中国の家族を投獄すると脅されるのだ。紅軍工作部なら、同国人だけでなく海外の民間人や軍人にも同じ手法で恐喝すると聞く」

影山は淡々と言った。安全部とは中華人民共和国国家安全部のことで、中国国務院に所属する情報機関である。

「安全部ならやり口は知っている。紅軍工作部ならなおさら無慈悲だろうな。家族の安全が脅かされているのなら、原潜の機密情報も渡すだろう」

朝倉は渋い表情で頷いた。

「もし、家族が人質ならボロは出さないだろうな」

影山は朝倉の顔を繁々と見て言った。

「ＦＢＩが、彼らの家族の状況も調べたと聞いている。だが、彼らの安全が確保されているのか、再度確認させる必要があるな」

朝倉は影山を見て苦笑した。影山は捜査で何が必要か確認させ、朝倉を通じて実行させようとしているのだ。対象者の家族の状況を調べるには、実際に現地に行って確認する必要がある。それができるのはＦＢＩだけだ。ハインズは嫌がるだろうが、彼なら頼めるだろう。

「私は、馬振東と林波の行方を追っている。見つかったら教えるよ。抹殺するだけでいいのなら私一人で充分だが、彼らから情報を得るのなら君の協力が必要だ」

影山は冷めた表情で言った。米軍の機密漏洩に関しては、本当は関心がないのだろう。

「喜んで手を貸すよ」

朝倉はミネラルウォーターを飲み干すと、立ち上がった。

4

午後八時五十分。

影山はホンダのＳＵＶ、ＣＲ－Ｖのハンドルを握り、長崎自動車道を走っていた。

ニュー佐世保ホテルで朝倉と打ち合わせをし、二十分ほどでチェックアウトしている。ホテルは打ち合わせのためだけで宿泊するつもりは最初からなかった。宿泊場所を誰にも知られないというのは、諜報員としての常識だからだ。

朝倉からの報告はある程度予測していた。直接会って情報を交換するのは、彼と暗号を使った通信手段が確立していなかったからだ。民間で発売されているスマートフォンでは簡単にハッキングされてしまう。朝倉が所持している民生品のスマートフォンを使用するのはリスクだったのだ。そのため、打ち合わせ後に通話やメールが暗号化される特殊なスマートフォンを渡した。プロの諜報員の必需品である。

最初の顔合わせで渡さなかったのは、彼の人間性だけでなく、できる男かどうかは資料だけでは判断できなかったからだ。朝倉の報告を聞いて、改めて能力の高い男だと分かった。一緒に仕事をしてもいいと確信できたのだ。

長崎自動車道から一般道に出た影山は、福建通りから長崎新地に入った。福建通り沿いの湊《みなと》公園脇にあるアパート一階の有料駐車場に車を停める。通りの反対側は中華街である。

車のライトを消してエンジンを切ると、すぐには降りずに周囲を窺った。これは職業柄の習性で、車を降りる瞬間が最も狙われやすいからだ。

道を渡って朱雀門を潜り、石畳の道を進む。午後九時を過ぎているが、観光客らしき通行人の姿はまだある。青龍門に通じる道との十字路を抜けて、左手にある中華料理店〝桃《とう》源菜店《げんさいてん》〟に入った。

朝倉は近所にある〝中国菜館　出島楼〟のオーナーから情報を得たらしい。たまたま〝桃源菜店〟に居合わせた許崑らが、出島楼から出てきた朝倉を馬振東と勘違いしたのは、事故のようなものであった。

「お店は午後九時で閉店しました」

白シャツを着た中年の男が、右手のモップの柄を振って見せた。

「この店は、遠来の客に特別な夜食を出すと聞いている」

影山は流暢《りゅうちょう》な中国語で言った。

「失礼しました。ご用意いたしますので、奥の個室でお待ちください」

男は中国語で答えると、ホールを抜けて突き当たりのドアを開けた。

影山はドア口から部屋を覗き込んだ。二十平米ほどの部屋の真ん中に、八脚の椅子が並べられた円卓がある。部屋の片隅に古いカラオケ装置が置いてあるので、宴会用の部屋なのだろう。

「ありがとう」

さりげなくドアロックの受座に小さなゴム片を押し込む。外から鍵を掛けられないようにする小道具だ。この店が危ないというのではなく、これも習慣である。

影山が円卓の席に座ると、男はドアを閉めて出て行った。

この店は中国のスリーパーセル（浸透工作員）が経営している。日本だけでスリーパーセルは何千人もいるが、この店の主人は本土から来る工作員や諜報員の支援という任務を帯びていた。表稼業はレストラン、裏稼業は〝安全的家〟と言われるセーフハウスの運営である。中国の工作員にとって大使館や領事館がない地方都市では重要拠点と言えた。ちなみに最初に言った「遠来の客に特別な夜食」というのは、影山が諜報員であるというこの店独自の合言葉だ。

ドアが開き、眼鏡を掛けたチャイナドレス姿の五十代半ばと思しき女性が入ってきた。店の制服のようだが、ドレスが豊満な体型を縛り付けているように見える。サイズが合っていないようだ。

「いらっしゃいませ。当主の王静《ワンセイ》です」

ノートPCを手にした王静は、緊張した面持ちで影山から少し離れた席に座った。

「私は、聯合《れんごう》参謀部・第二部情報収集分析局の紅龍《ホンロン》だ」

影山は王静を見据えて言った。

紅龍は実在した中国の工作員である。中央軍事委員会聯合参謀部は人民軍の諜報機関で、第二部（情報部）情報収集分析局（旧第三処）は、アジア太平洋地域を対象とした諜報活動を主な任務としている。紅龍は汚職を重ね、昨年密かに海外で処刑された。影山はその身分を取得し、紅龍に成りすましている。

かつて公安調査庁の特別調査官だった影山は、殺人や拷問も厭わない非情な手段で諜報活動をしていた。そのため、中国や北朝鮮の情報機関から〝冷たい狂犬〟と恐れられていた凄腕であった。公安調査庁を退職したが、数年前に日本政府からオファーを受けてフリーの諜報員として復活している。

復帰後、聯合参謀部第二部部長である梁羽《リィアン・ユー》から声を掛けられた。中国の諜報員としての身分を与えて中国の情報を開示する条件と引き換えに彼の協力を求められたのだ。梁羽は「一帯一路《いったいいちろ》」を推し進め、世界を敵に回す覇権国家となった中国の謀略を密かに妨害していた。彼は中国が平和国家として進むべきだと考えている。梁羽は自分の信念に基づき、影山に仕事を出す。影山も梁羽の考えに共感し、協力してきたのだ。

「紅龍少校《しょうこう》、確認取れました。一昨日の夜、同じ部署の方が見えましたが」

王静はノートPCのキーボードを叩き、画面と影山の顔を見比べて頷いた。人民解放軍のサーバーにアクセスし、紅龍を確認したのだ。特殊メイクは紅龍の顔である。ちなみに少校とは諸外国で少佐のことだ。諜報員としての階級は高い。チェックが厳しい〝安全的家〟では掌《てのひら》や指紋認証を行うが、ここは違うらしい。もっとも、紅龍と影山の記録は差し替えられているので調べられても問題はない。

「彼らは、負傷して任務から外れた。代わって私が任務を引き継ぐことになったのだ」

影山は淡々と言った。

「お二人は、中央統戦部の馬振東と林波の情報を聞きに見えました。まさか、彼らと何かトラブルになったのですか？」

王静は両眼を見開き、腰を浮かせた。二日前、許崑と武玉寧は彼女に情報を求めに来た。馬振東と林波らが、日本で麻薬の密売をしていると王静に説明したはずだ。〝安全的家〟には本国だけでなく、その地方のスリーパーセルや工作員からの情報が集まるからだ。

「単純な交通事故だ。それより、馬振東らの新たな情報はないのか？」

影山は冷たい視線を王静に浴びせた。

「所在は分かっていません。ただ、入国ルートは判明しました。韓国の釜山《プサン》から対馬《つしま》へ、四日前の夜更けに漁船で入国したようです。馬振東は韓国人の李世仁《イ・セイン》、林波は同じく韓国人の郭鎮江《グァク・ソンザン》のパスポートを所持し、対馬在住の工作員の手引きで入国したのです。馬振東は、釜山の〝安全的家〟で武器を揃えました。釜山の〝安全的家〟の主人とは仲がいいので、教えて貰ったのです」

王静はポケットから出したメモ書きに走り書きすると、影山に渡した。

「対馬から入ったのか。新型コロナで韓国からの客船のルートはすべて閉ざされている。ノーマークだったな」

影山はメモ書きを見ると、二つに破って返した。諜報員は証拠を残さない。重要な情報は、頭に叩き込むのだ。

馬振東らは単純に福岡国際空港か佐賀国際空港、あるいは長崎空港から入国したものだと思っていた。日本の捜査機関もこの三つの空港を調べていたことは分かっている。

昨年まで釜山から対馬、あるいは博多まではジェットフォイルとフェリーの定期便があった。だが、新型コロナと反日運動で利用者が激減したため停止され、二〇二一年八月現在も運航される気配はない。そのため、対馬を調べることはなかったのだ。

「こちらで分かっている情報は以上です。よろしければ、食事をお出ししますよ」

王静は笑顔を浮かべた。任務を終えてほっとしたのだろう。

「夕食は済ませた。護身用に小型の銃が欲しい」

影山は表情もなく言った。敵が武装しているのなら、銃は必須だ。時と場合にもよるが、諜報活動に口径が大きな強力な銃は必要ない。足首に巻きつけても気にならないサイズがいいのだ。

「ご用意できるのは、Ｓ＆Ｗ Ｍ＆Ｐ９シールドとＳＩＧ Ｐ２２４ ＳＡＳ、それにワルサーＰＰＳ、いずれも９ミリ口径です」

王静は淀《よど》みなく答えた。さすが〝安全的家〟の主人だ。

三丁とも掌サイズの軽量コンパクト銃である。銃が流通していない日本の地方にある〝安全的家〟なので、期待していなかっただけに驚かされた。博多港か長崎港に銃の密輸ルートがあるのだろう。

「Ｐ２２４は愛用している。マガジンは三つ付けてくれ。それにサプレッサーも忘れないでくれ。アンクルホルスターがあればなおいい」

影山は迷うことなくＳＩＧ Ｐ２２４ ＳＡＳを選んだ。三丁の中では一番高価な銃で、装弾数もコンパクトながら十二発と多い。

「お目が高い。私もＰ２２４は好みです」

王静は笑みを浮かべると、席を立ち背後の壁の一部を軽く叩いた。壁はスライド式のドアになっており、ステンレス製の棚が隠されていたのだ。棚に積まれている小さな段ボール箱を三つ取り出し、テーブルに載せた。

王静は段ボール箱を開けて、ＳＩＧ Ｐ２２４ ＳＡＳと三本のマガジン、それに9ミリ弾の小箱を三つ出した。サイズからして一ダースに小分けしてあるようだ。

「基本セットはお持ちですか？」

王静は段ボール箱を片付け、棚の下にある引き出しからアンクルホルスターを出した。基本セットとは盗聴盗撮機、盗聴盗撮機の発見機、通信機、ジャミング装置など工作活動に使う道具が入れられたアタッシェケースのことで、大抵の〝安全的家〟で供給される。もっとも、これを受け取ることができるのは、諸外国の軍隊で中尉以上の階級の工作員だ。

「私は、小物の工作員のような仕事はしないよ。そんな歳《とし》でもないし」

影山は苦笑してみせた。必要な道具は持っている。タダだからと言って小道具を貰っても邪魔なだけだ。

「さすがです。それではお鞄《かばん》だけご用意します」

王静は別の引き出しから、革の手提げバッグを出して銃や弾丸を納めた。

「ありがとう。今度は食事をご馳走《ちそう》になるよ」

影山は立ち上がり、バッグを受け取った。

5

午後九時十分、ニュー佐世保ホテル。

シャワーを浴びて服を着替えた朝倉は、ベッドに腰掛けて電話を掛けていた。

「そうなんだ。ちょうどよかったかもな。……了解。お休み」

朝倉は笑顔で通話を切った。妻の幸恵と会話していたのだ。

彼女は大手の旅行代理店で企画プランナーとして働いている。英語とフランス語が堪能でこれまで様々な海外旅行の企画で会社に貢献してきた。だが、新型コロナの流行で会社は二年連続で数百億円の赤字を出し、給料のカットとリストラが行われているという。幸恵は、真剣に転職を考えているらしい。辞表を出すタイミングについて、朝倉が帰宅してから相談したいそうだ。

捜査が長引きそうなので、その間彼女はじっくりと身の振り方を考えると言っている。互いにすれ違いの生活をしているが、それがかえって二人には良かった。だが、普通の夫婦関係とは言い難い。そのことも彼女は気にしているようだ。

ポケットのスマートフォンがメールの着信音を上げた。影山から進呈されたスマートフォンである。自分のスマートフォンをテーブルに置き、新しいスマートフォンのメールを開いた。

〝最後に『既読ボタン』を押せ〟というタイトルだ。

本文は、〝例の二人は、韓国の釜山から対馬へ、四日前に漁船で密入国。馬は李世仁、林は郭鎮江という韓国人のパスポートを所持している。二人とも釜山で武器を手に入れた〟と記されている。読み終わったので、本文の下の『既読ボタン』を押した。

「なっ、なるほど。さすが一流スパイだ」

朝倉は口を尖《とが》らせた。メールが勝手に消去されたのだ。スマートフォンのメールは、自分で削除することができるが、それでは、スマートフォンのメモリに記録が残る。メールは上書きされない限り、復元も可能だ。おそらく、この『既読ボタン』を押せば、メモリから完全に消去されてしまうのだろう。特戦群でも情報は即時記憶というのが鉄則で、メモの類《たぐい》は一切許されなかった。敵に捕まった際に情報を漏らす危険性があるからだ。

朝倉は電話を掛けるために自分のスマートフォンを取った。得られた情報を〝Ｓｃｌｏｕｄ〟にアップロードし、捜査員らに知らせようと思っている。

「待てよ」

アプリを操作する指先を止めた。影山から捜査情報を絶対にスマートフォンでやりとりしてはいけないと忠告されていたのだ。

中国は米国のエシュロン並みの通信傍受システム〝金盾《きんじゅん》〟を構築している。中国大陸で実施されているが、影山によれば世界的に対象を広げているそうだ。うっかり、電話やメールで馬振東らの名前を伝えれば、中国の情報機関にたちどころに見つかる可能性がある。あくまで可能性の問題だが、用心するに越したことはないのだ。

「どうしたものか？」

溜息を吐いた朝倉は、スマートフォンをテーブルの上に置いた。

「そうだ」

朝倉は立ち上がると、腕時計を見た。少々遅いが、捜査に時間は関係ない。部屋を飛び出し、ホテルの駐車場に向かった。

「俺だ。今から打ち合わせができるか？」

エンジンをかけながらハインズに連絡した。

——電話じゃ駄目らしいな。いつでも歓迎する。

ハインズも捜査優先の男である。嫌というはずはない。

マークＸでホテルから国際通りに出る。

国際通りは佐世保川を渡って大きく左にカーブし、南に向かって佐世保日野松浦線とＳＳＫバイパスとの交差点にぶつかる。

朝倉は米軍佐世保基地正面ゲート前の交差点の赤信号で停まった。

ＳＳＫバイパスは四車線だが、国際通りと佐世保日野松浦線、それにゲートへの導入路も六車線ある。交差点はやたら広いので見通しはいい。

SSKバイパスに突然オレンジの日産・エクストレイルが現れた。右手にある緑豊かなエリアは、米軍住居エリアと隣接する海上自衛隊佐世保地方総監部があり、交差点近くに正門出入口に通じる導入路がある。そこから出てきたようだ。

何気なくエクストレイルを目で追った。車は左折し、信号機近くの街灯の下を抜ける。

「むっ！」

朝倉は両眼を見開くとアクセルを踏み、タイヤを鳴らしながら交差点でUターンした。

エクストレイルの運転席に鏡を見るかのごとく朝倉に似た男が乗っていたのだ。馬振東に違いない。一人で乗っているらしいので、相棒の林波とは別行動をしているのだろう。

エクストレイルは国際通りを北に進む。朝倉は四十メートル後方に付けた。

佐世保川を渡り、国道35号線の交差点で左折する。スピードは出していないので、尾行に気付かれてはいないようだ。

5ブロックほど先の市役所通りの赤信号でエクストレイルは停止した。間隔は詰めたくないが、交通量が少ないため仕方なくすぐ後ろに停車する。バックミラーで顔を見られないようにマスクをして俯《うつむ》いた。

タイヤの軋《きし》み音。

エクストレイルが赤信号を無視して発進したのだ。

「何っ！」

朝倉もアクセルを踏んで交差点に侵入し、慌ててブレーキを踏んだ。

市役所通りから右折してきたフルトレーラーとぶつかりそうになった。エクストレイルはフルトレーラーの鼻先を掠《かす》めるように交差点を渡ったのだ。

「馬鹿野郎！」

フルトレーラーの運転手が警笛を鳴らし、罵声《ばせい》を浴びせながらゆっくりと通り過ぎる。

「くそっ！」

朝倉は交差点の途中で立ち往生した。

フェーズ6：佐世保地方総監部

1

八月二十五日、午前八時二十五分、ニュー佐世保ホテル。

朝倉は一階のラウンジのテーブル席で、朝刊を見ながらコーヒーを飲んでいた。

壁際のカウンターにコーヒーのサーバーとお茶を入れたポットが置かれており、紙コップで自由に飲めるようになっている。ビジネスホテルだが、ラウンジにはテーブル席がいくつか設置してあった。サンドイッチ付きのモーニングなど簡単な朝食もサービス価格で提供されている。

「おはようございます。意外と渋滞していました」

エレベーターホールから国松が現れた。駐車場側の出入口から入ってきたようだ。

「いや時間通りだ。あいつはまだだ」

朝倉は新聞を畳みながら言った。中村のことである。

「おっはよーございます」

遅れて中村が、買い物袋を手にエントランスから入ってきた。彼は電車で佐世保まで来ている。

午前八時半までにニュー佐世保ホテルに来るように昨夜連絡しておいた。二人を連れて、海上自衛隊佐世保地方総監部に聞き込みに行くことになっている。相手が自衛隊だけに佐野ら警視庁出身者は外した。自衛隊は警察の介入を嫌う。それは特捜局でも同じで、捜査官が元警視庁の刑事だと分かると非協力的な態度をとる自衛官がこれまでもいた。無用なトラブルは避けるために国松と中村を呼んだのだ。また、中央警務隊出身の捜査官なら自衛隊の事情や組織を理解しているために話が早い。

「二十分後に出発だ。先方には〇九〇〇《まるきゅうまるまる》に約束している。簡単に打ち合わせする」

朝倉は紙コップのコーヒーを飲み干した。

「了解です」

国松は朝倉の向かいのソファーに座った。

「あのー、朝飯食べていいですか。始発の電車に乗ってきたので、食事していないんです」

中村はコンビニの買い物袋を掲《かか》げて見せた。

「長崎から佐世保まで二時間近く乗って来ただろう。何をしていたんだ？　弛《たる》んでいるぞ」

　国松が溜息を吐き、首を傾げた。自衛隊は五分前集合が当たり前で、それはすべての準備を終わらせた上でのことである。

「すみません。乗り遅れそうだったのです。弁当を買う暇もなかったんですよ。これは、佐世保駅構内のコンビニで買ったんです」

　中村は情けなさそうな顔で答えた。寝坊したのだろうが、よほど血糖値が下がっているのだろう。

「構わん。先に食べろ。打ち合わせは車の中でする」

　朝倉は中村を国松の隣りに座らせた。二人には、捜査情報は現状の通信手段は使わずに直接やり取りすると言ってある。招集しただけで、理由は告げていないのだ。

「さすが、ボスは誰かと違って度量が広い」

　中村は買い物袋からおにぎりやサンドイッチを出した。

「まったく」

　国松は首を横に振った。中村に言い返すのも馬鹿馬鹿しいと思ったのだろう。

「いただきます」

　中村はさっそくおにぎりにかぶりついた。

　十五分後、三人は駐車場に停めてあるマークXに乗り込んだ。朝倉は後部座席、運転席は中村、助手席は国松である。

「今回の捜査対象は、中国だ。そのため、政府の情報機関から捜査上の問題点を指摘された。中国はエシュロンに相当する通信傍受システム〝金盾〟を中国大陸で構築している。いまや日本も危ないらしい。昨夜も言ったが、当面捜査情報は直接口頭でのやりとりに限る」

朝倉は情報源が影山からとは言わずに誤魔化した。彼からは堅く口止めされているからだ。

「恐ろしいな。中国は世界第二位の経済力を背景に軍事と諜報活動に膨大な資金を注ぎ込んでいる。対抗手段はないのか？」

国松が険しい表情で言った。昔馴染みの三人だけの打ち合わせのため、ついタメ口になったようだ。

「通信手段が暗号化できるスマートフォンを特注するつもりだ。だが、今回は間に合わない」

朝倉は首を振った。

「それなら、方法があります。スマホで撮影した画像を暗号化してクラウドにアップロードするアプリがあります。捜査情報をスマホで撮影して暗号化したものを〝Ｓｃｌｏｕｄ〟にアップロードすれば、手間はかかりますがなんとかなります。複合化するには、認証キーが必要ですので関係者しか使えませんよ」

　中村が振り返って得意げに言った。彼は特捜局の装備・備品係を担当しているので、最先端技術には詳しい。彼はマニアックなところがあり、新しい技術や装備に異常に執着がある。ともすると無駄遣いをしがちだが、その知識は役に立つ。

「面白い。あとで説明してくれ。本題に入る。昨夜、二一二三《ふたひとふたさん》、馬振東と思しき男を目撃した。男は佐世保地方総監部から出てきたようだ」

　朝倉は淡々と言った。

「なんと、馬振東を見つけたのか。偶然にしても凄いな。馬振東に間違われて襲撃されただけでなく、本人と遭遇するとは驚くしかない。似ているだけに互いに惹《ひ》かれあっているのかもしれないな」

　国松が唸るように言った。

「双子だったりして」

　中村が肩を竦めた。

「馬鹿野郎」

　国松が中村の肩を叩いた。

「今日の聞き込みは、馬振東が接触した相手を見つけ出し、その目的を突き止めることだ」

朝倉の言葉に国松と中村は大きく頷いた。

「馬振東と林波は、絶対逮捕する」

朝倉は力強く言った。

2

午前八時五十五分。

朝倉らを乗せたマークXは国際通りからＳＳＫバイパスに右折し、横断歩道を過ぎてすぐに右折して佐世保地方総監部の導入路に入る。

中国は東シナ海と南シナ海は自国の領海だと主張し、近隣諸国とトラブルが絶えない。日本に対しても、尖閣《せんかく》諸島周辺海域へ公然と不法侵入を繰り返している。そのため南西方面の最前線を警備区としている佐世保地方隊は対中国の要《かなめ》であり、各部隊を総括する総監部は重要な任務を担っているのだ。

マークXは交差点の入口から六十メートルほど進み、正門を抜けたところで停まった。車止めは置かれていない。訪問することは昨夜の内に伝えてあるので、準備していたのだろう。敷地内に警務隊が駐屯している。だが、極秘の捜査ということで、警務隊長には動かないように連絡をしておいた。

ちなみにこの表門は、一八八九（明治二十二）年七月に開庁した佐世保鎮守府の姿を留めている。

「おはようございます」

正門の左手にある警備隊員詰所の前に立っていた警備隊員らが、運転席と助手席の外に立った。

「特別強行捜査局です」

助手席の国松がバッジを警備隊員に見せると、中村もそれに倣った。

「後部座席の方は、朝倉三佐ですか？」

助手席側の警備隊員が、手元の書類を見ながら尋ねた。米軍基地ほどではないが、出入りはそれなりに厳しい。

「ご苦労さん」

朝倉はウィンドウを下げ、自分のバッジを見せた。

「ありがとうございます。お通りください。正面の建物が総監部です。左の道から入ってください」

バッジのＩＤを確認した警備隊員は、左手を伸ばした。

中村は警備ボックスの先を左に曲がって百二十メートルほど進み、総監部庁舎のスロープを上がって正面玄関に車を停めた。

「お二人とも先に降りてください」

中村が珍しく気を利かせた。総監部庁舎の東側に駐車場があるが、朝倉を降ろすために玄関に横付けしたのだ。自衛隊は階級社会である。正門の警備隊員が朝倉を三等陸佐と確認したので、それを思い出したのだろう。

「そうさせてもらう」

朝倉が頷くと、助手席の国松がいち早く降りて後部ドアを開けた。

車を降りると、玄関から出てきた白い制服自衛官が朝倉の前で直立不動の姿勢で立った。

朝倉は密かに舌打ちした。今回の捜査は極秘捜査ということで、着替えはスーツだけ持参した。だが、自衛隊基地に捜査といえども正式に訪問するのなら、特捜局の制服に着替えるのが礼儀なのだ。あえて私服であることを説明する必要はあるだろう。

一昨年、局に昇格したが、朝倉は式典に参加する際は陸自の制服を着用していた。だが、特捜局は独立した組織なのでそれではおかしいということになった。そこで、特捜局の職員は、特捜局独自の紺色の制服と制帽を新調したのだ。

「朝倉三佐ですか？　谷本《たにもと》拓実《たくみ》一尉です。お待ちしておりました」

谷本は海自独特の肘を絞る敬礼をした。海自の場合、狭い艦艇内で敬礼することを想定し、肘を上げない習わしがある。

「朝倉です。よろしくお願いします」

朝倉は陸自式の脇を九十度上げる敬礼で返したが、ダークスーツを着ているので少々違和感があるのは仕方がない。

「承知しました。ご案内します」

谷本は、会釈すると玄関ドアを開けた。

朝倉は谷本の案内で二階に上がり、薄暗い廊下の奥へと進む。国松と中村は一階に待たせてある。総監に挨拶と捜査の説明をするためだ。

耐震補強はされているが古い建物のため、どことなく郷愁を覚える。谷本が立ち止まり、総監室と表示されている重厚なドアをノックした。

「朝倉三佐をお連れしました」

ドアの前で谷本は声を張り上げる。

「入ってくれ」

よく響く渋い声が返ってきた。

「失礼します」

谷本がドアを開けて敬礼し、朝倉に頭を下げた。

「朝倉俊暉です。本日はよろしくお願いします」

朝倉も入室し、敬礼した。

窓が広い二十平米ほどの部屋にはソファーが置かれ、その向こうに大きな執務机がある。

執務机に向かっていた制服自衛官が、おもむろに立ち上がって敬礼を返した。

「総監の守口努《もりぐちつとむ》です。まあ座って話しましょう。特捜局の噂はかねがね聞いている。捜査要請と聞いていささか緊張しているのだ。お手柔らかに頼むよ」

守口は、苦笑を浮かべてソファーを勧めてきた。海将という諸外国の軍隊で将軍クラスだけに、胸元の徽章が眩《まぶ》しく感じられる。

「恐れ入ります。目下、米国と極秘の捜査をしております。そのため、電話では捜査内容をお話しできずに申し訳ございませんでした」

朝倉は頭を下げると、ソファーに座った。遠慮していたが、守口は柔和な表情でソファーに腰を下ろすよう改めて勧めたのだ。

「米国との共同捜査というのなら、情報漏洩ということかね」

守口は険しい表情になった。

「さすがですね。米軍の原潜の極秘情報が中国に漏れているらしいのです。米国内はＦＢＩが対処していますが、日本国内は特捜局と警察の外事課が、ＮＣＩＳと協力して捜査を進めています。情報漏れが疑われているのは、米軍佐世保基地の数名の米兵と技術者です。日本の捜査機関は中国の工作員の洗い出しを行っています」

朝倉はこれまでの経緯を説明した。

「なるほど、続けてくれ」

守口は腕組みをして小さく頷いた。

「一昨日、中国の工作員の名前が分かりました。そのうちの一人が馬振東という名前で、昨夜この総監部から出てくるのを私は目撃したのです」

「ほっ、本当かね」

守口は両眼を見開いた。

「工作員の写真もあります」

朝倉は自分のスマートフォンに例の馬振東の写真を表示し、守口に渡した。

「失礼だが、なんとなく、君に似ているね」

眼鏡を掛けた守口は、スマートフォンと朝倉の顔を見比べて言った。伊達眼鏡はしているが、カラーコンタクトは付けていないのだ。

「偶然ですが、昨夜、私自身も驚いたくらいです」

朝倉は頭を掻いて笑った。さすがに間違われて襲撃されたことは言わなかった。

「中国の工作員が、昨夜総監部の誰かに会っていた可能性があるのだな」

守口の声が低くなった。

「それを調べさせてください」

朝倉は両膝に手をついて頭を下げた。

3

午前九時三十五分、佐世保地方総監部。

二階会議室で、朝倉はパソコンの資料に目を通していた。

守口の好意で会議室を借りて総監部のパソコンを使っているのだ。内部の人間が馬振東と接触しているとしたら、本人の意志に拘《かか》わらず国益に反することになる。その人物を特定するまでは、朝倉らは総監部をうろつかないほうがいい。捜査の手が伸びてきたことを知られて、情報を消去される可能性があるからだ。最優先事項は、接触者を特定することである。

朝倉は、総監部に勤務している上級士官の経歴と海自での任務を調べていた。本来トップシークレットに属することだが、朝倉にはその権限があるのだ。

中村は、出入りしていた業者などのリストを調べている。リストの名前を一つずつ他の情報と地道に照らし合わせていた。

「やっぱり、二一〇〇《ふたひとまるまる》以降の記録がないですね」

警備員詰所の台帳を調べていた国松が、渋い表情で言った。パソコン上に記録が残っていなかったので、谷本に警備員詰所にある手書きの台帳を取りに行かせたのだ。

「俺は、昨日の二一二三に国際通りとＳＳＫバイパスの交差点で、馬振東が運転する車を見ている。その一、二分前にやつは総監部から出たはずだ。記録が残っていないのなら、その時の警備隊員に事情を聞く必要があるな」

朝倉は会議室の出入口を見た。谷本がペットボトルのお茶を持って現れたのだ。

「何か？」

谷本が首を傾げた。守口総監に捜査目的を話し、しばらく極秘で行いたいので関係者を限定したいと要請した。そのため、谷本が雑用も含めて朝倉らに協力している。

「昨夜、正門の警備をしていた警備隊員を尋問したい。呼び出してくれ」

朝倉は谷本からペットボトルを受け取って言った。

「了解です。遅番の警備隊員ですね。パソコンを使わせてください」

谷本は中村が使っているパソコンで、警備隊員のスケジュールを調べ、スマートフォンで電話をかけた。

「おかしい。杉浦《すぎうら》が出ない。寝ているのかな」

呟いた谷本は、別の電話番号にかけた。

「変ですね。遅番の警備隊員は二人なんですが、どちらも電話に出ないんです。警備責任者は管理部長である鍵内《かぎうち》一佐ですが、確認を取る必要がありますね」

谷本は首を振ってみせた。

「二人とも電話に出ない？」

朝倉は右眉を吊り上げた。

「記録では杉浦透《とおる》二曹と古田《ふるた》和明《かずあき》曹長の二人は、昨夜一七〇〇《ひとななまるまる》から二一〇〇まで正門の警備をし、正門を閉じました。その後、詰所で二二〇〇《ふたふたまるまる》まで待機してから帰宅したようです」

谷本は再びパソコンの画面を見て答えた。

「二人の住所を教えてくれ。我々で調べる。すまないが、鍵内一佐には黙っていてくれ」

朝倉は立ち上がると、椅子に掛けてあったジャケットを摑んだ。

「プリントアウトします」

谷本はパソコンのキーボードを叩いた。

「車出しますか？」

中村が立ち上がって朝倉の顔を見た。すでに何をするかは分かっているはずだ。

「頼む」

朝倉はジャケットに袖を通しながら答えた。

「了解」

中村は瞬く間に部屋を飛び出した。

「私も行きます」

国松はプリントアウトされた用紙を取った。

「谷本くん。悪いが、このままにしておいてくれ。二人を確認したらすぐに戻ってくる」

朝倉は国松に目配せすると、彼らの後を追った。

十分後、朝倉らは佐世保地方総監部から北東に二・六キロ、須佐町《すさまち》の路地裏に車を停めた。

「星出《ほしで》ハイツはこの先の角です」

先に車を降りていた国松が、報告した。この辺りは細い坂道が多く、その上周辺のアパートはどこも表記が見当たらないので先に降りたのだ。

星出ハイツは二階建てアパートで、築年数はかなり経っている。

「二〇五号室だな」

朝倉は車を降りると、中村にアパートの裏側に回るように指示して奥の外階段を上がった。廊下に傘やバケツが置かれ、管理がいいとは言えない。

二〇五号のインターホンを押した。昨夜遅番の警備をしていた杉浦透の部屋である。年齢は三十二歳、独身、佐世保地方総監部までは自転車で通っているそうだ。

「杉浦さん、いらっしゃいますか？」

インターホンの返事がないので、朝倉はドアを叩いた。だが、反応はない。

「うん？」

ドアのノブを回すと、鍵は掛かっていなかった。傍の国松も銃を構えた。ドアを開け、朝倉と国松は玄関先で靴を脱いで部屋に上がった。

台所を確認した朝倉は廊下を進む。すぐ後ろに銃を眼前に構える国松も続いた。

トイレ、風呂場も確認し、突き当たりのドアを開けた。

「くそっ」

舌打ちした朝倉は、銃をヒップホルスターに戻した。

十二畳ほどの部屋の窓際にあるベッドに、胸から血を流して男が倒れている。床に血の海が広がっていた。男の死は確認するまでもない。

「次に行くぞ」

朝倉は寝室に入ることなく、部屋を出た。これ以上殺人現場を荒らさないためである。

「警察に通報しますか？」

国松が神妙な顔で尋ねてきた。

「古田和明の生死を確認してからだ。ここで県警が動けば、犯人に悟られる可能性がある。それに杉浦と古田は海自だ。捜査権は俺たちにある」

朝倉は答えると階段を駆け降りた。車に戻る前にアパートの裏で待機していた中村を指笛で呼び寄せた。

中村は無言で車に走り、運転席に乗り込むとエンジンを掛けた。すでに事態を理解しているようだ。いつもは鈍感な男だが、現場ではよく気が付く。普段は気を抜いている証拠だろう。朝倉と国松が乗り込むと、中村は後輪を鳴らしながら車を出した。

数分後、朝倉らは山祇町《やまずみちょう》の古い住宅街に到着した。佐世保地方総監部から東に二キロほどの距離である。古田は四十二歳で、年老いた母親と二人暮らしらしく、彼は原付で通勤していたそうだ。大まかな情報は、移動中に谷本から電話で得ていた。

道の右手は崖《がけ》のような段差がある場所に家が建てられている。

「右側にある黄色い壁の家です」

助手席から先に降りた国松が、平家の二十坪ほどの家の表札を確認してきた。

朝倉は中村を黄色い家の脇にある庭で待機させ、国松と玄関前に立つ。インターホンを押すつもりはない。ドアが開いていることを確認すると、銃を抜いて土足のまま突入する。

台所に女性が倒れている。国松に任せ、朝倉は奥へと進み、リビングを確認した。血が飛び散っている。血の跡を踏まないように引き戸を引いた。寝室の布団の上で古田と思しき男が、胸から血を流して仰向けに倒れている。腹部を数ヶ所刺され、シーツが真っ赤に染まっていた。

「やられた」

溜息を漏らした朝倉は銃をホルスターに戻し、台所に入った。古田の母親と思しき女性を国松が心臓マッサージしている。

「目立った外傷はないので、心臓発作を起こしたようです」

国松が、心臓マッサージをしながら言った。

朝倉は女性の脈を調べ、瞼《まぶた》を開けてペンライトを瞳に当てた。脈はなく、瞳孔《どうこう》も反応しない。国松は唯一の手掛かりとなる女性を助けようと必死だが、手遅れだ。

「残念だ」

国松の肩を叩いて立つと、スマートフォンを出して県警本部に電話を掛けた。

4

午前十一時十五分、佐世保市山祇町。

警備隊員だった古田の自宅は規制線が張り巡らされ、家の中が覗かれないように道路側にブルーシートで壁が作られていた。

家の前の道は狭い。しかもバス通りなので、パトカーはすぐ近くの駐車場に停められている。

朝倉はブルーシートの脇に立ち、所轄の初動班の活動を見つめていた。四十分ほど前に到着した彼らに朝倉は状況を説明し、捜査の手順を指導している。初動班に的確な情報を出せば、捜査の質は格段に上がるからだ。

国松と中村はもう一つの現場である杉浦のアパートに行かせ、捜査に協力させていた。朝倉は所轄ではなく県警本部の刑事部捜査第一課の真下に連絡を取り、出動を要請している。杉浦と古田の所属は海自なので捜査権は警務隊にあるが、事件は駐屯地の外で起きており、古田の母親は民間人のため、警察にも捜査権があるのだ。人手不足ということもあり、朝倉はあえて県警に要請した。

それに本部から所轄に出動命令が出れば、現場にいる朝倉は所轄の警察官に余計な身分紹介をする必要がないからだ。本部からは一時間半近く掛かるが、間もなく到着するだろう。

「警視正。恐れ入りますが、お靴を拝借できますか？」

鑑識課長の日野《ひの》が朝倉を見上げ、遠慮がちに言った。真下から連絡を受けていたので、彼らは最初から朝倉に対して低姿勢である。

「分かった」

朝倉は靴を両方とも脱いだ。

「あっ、片方ずつでよかったのですが」

日野は恐縮しながら部下に朝倉の靴を渡した。朝倉と国松は、犯人がまだ現場にいる可能性があったので土足で古田の家に踏み込んでいる。そのため、鑑識は現場から採取した証拠から二人の足跡を除外しなければならないのだ。

　鑑識課の職員は朝倉の靴底に足跡鑑識用シートを貼り付け、靴底面のシートを手で擦って圧着させると剝《は》がした。この手の作業は、現場を荒らしてしまった第一発見者などに行う。土足で現場に踏み込んだ警察官の靴跡というのは滅多にないだろう。本来なら間抜けである。だが、朝倉は犯人逮捕を優先して踏み込んだ。それが特別強行捜査局の真髄だと思っている。

「ありがとうございました」

　職員は左右の靴跡を採取すると、靴を返してきた。

　二台のパトカーが、サイレンを鳴らさずにパトライトだけ点灯させて到着した。県警本部のパトカーだろう。

　後部座席から真下が降りてきた。

「ご苦労さん」

　朝倉は右手を軽く上げた。

「ご連絡、ありがとうございました」

　真下が駆け寄ってきた。

「マルガイは、二人とも佐世保地方総監部の警備隊員だ。昨夜、我々の捜査線上に浮かんだ人物と関係がある。それを調べようとしたら、先手を取られたんだ」

朝倉は昨日の出来事から説明したが、極秘捜査のため馬振東の名は出さなかった。

「例の極秘捜査ですね。ということは、ホシはプロということですか」

真下は険しい表情で、ブルーシートで隠された家を見つめた。プロの犯行なら証拠は見つからないと思っているのだろう。

「チョウバを立ち上げる時にできるだけ立ち会うつもりだ。すまないが、捜査は県警に任せる」

朝倉は苦笑を浮かべた。チョウバとは捜査本部のことだ。県警本部と所轄は二件の殺人事件で捜査本部を立ち上げるだろう。だが、捜査本部を立ち上げると、馬振東に逃げられる可能性があるので正直言って今県警にはあまり動いて欲しくないのだ。

「お任せください。チョウバを立ち上げるのは本部長次第ですが、相談した方がいいですか？」

真下は小声で言った。この男はできる。極秘捜査を心配しているのだ。

「そうだな。私の方から相談してみる。極秘捜査の件は、本部長には説明してあるが、君にも話そう。後で、佐世保地方総監部に来てくれないか」

「了解です」

「悪いが、俺を佐世保地方総監部に送ってくれないか？」

朝倉はすでに次の捜査のことを考えている。

「部下に送らせましょう」

真下はすぐさま私服警察官を呼び寄せ、パトカーを近くの駐車場でUターンさせた。

「助かった」

朝倉は後部座席に収まった。習慣的に助手席が空《あ》いていれば座りたくなる。だが、警視正が助手席に座れば、運転している警察官を畏縮《いしゅく》させるだけだ。

数分後、佐世保地方総監部に到着した。

朝倉は庁舎の二階会議室に戻った。

「ご苦労様です」

佐野と大竹が、朝倉を見て声を揃えた。警備隊員殺害事件を手伝うという名目で、二人を福岡県警外事課との共同捜査から外して呼び寄せたのだ。朝倉は、福岡での捜査は無駄だと判断している。また、本部から防課の北井《きたい》英明《ひであき》、警課の野口大輔を呼び寄せた。彼らは夕方には合流できるだろう。

「急に呼び出してすまなかった。国松と中村もこっちに向かっている。顔が揃ったら、作戦会議だ」

朝倉は壁際の椅子に腰を下ろし、腕時計を見た。午前十一時四十五分になっている。疲れたと思ったら、腹が減って血糖値が下がっているようだ。

国松と中村は十分ほどで会議室に現れた。所轄は同時に二ヶ所も殺人事件が起きたため、パニック状態だったようだ。そのため、国松らが現場の保全と整理までを手伝ったらしい。

「元気がないですね。お腹《なか》が空いたんじゃないですか？」

中村が朝倉の顔を見るなり、笑って見せた。

「馬鹿野郎。おまえの自宅じゃないんだぞ。言葉に気をつけろ。みっともない」

国松が中村の肩を摑み、部屋の奥に向けた。特捜局のメンバーだけならともかく、谷本一等海尉もいるのだ。

「あれっ。はっ、はい。すみません」

谷本を見た中村が、頭を掻いた。

「よろしかったら〝くらま食堂〟で食事をされませんか？　今日は金曜日ではありませんので、カレーのメニューはありませんが」

谷本は笑顔で尋ねた。海自では艦船内の食堂だけでなく、どこの駐屯地でも金曜日はカレーと決まっている。長い海上勤務で曜日感覚を失わないためで、帝国海軍時代からの習慣だ。

「そうだ。佐世保に来たら〝くらま食堂〟だろう。捜査会議は、腹を満たしてからだ」

朝倉は勢いよく立ち上がった。二〇一七年三月に退役した護衛艦〝くらま〟を記念し、艦内の食堂を〝くらま食堂〟という名前で総監部内に再現したと聞いている。

「ご案内します」

谷本は笑顔で頭を下げると、会議室を出た。

廊下を会議室と反対に進んで建物の東側に向かう。すると左手の壁に護衛艦の艦内防水扉があり、その隣りに〝護衛艦くらま〟と書かれた渋い看板や赤い浮き輪が懸けてあった。民間人の立ち入りは基本的にはできない場所だが、護衛艦のイメージを再現するとは粋《いき》である。

看板の下には、本日のメニューがチョークで記された黒板があった。〝とりのからあげ〟、〝とんかつ〟、〝焼肉〟、〝焼きそば〟など、どれも食欲をそそられるメニューだ。それに値段はどの定食も六百円と安い。

食堂に入ると、赤い絨毯《じゅうたん》が敷かれており、奥の窓際は紺色のテーブルクロスが掛けられたテーブルに同じく紺色のカバーが掛けられた肘掛け椅子が整然と並べられている。中央にあるパーテーションの手前はテーブルクロスなしの簡素なテーブルと赤い椅子が配置されていた。窓際が上級士官用で手前は下士官以下という階級別の席だ。

奥のキッチンカウンターに白い制服を来た自衛官が列をなしている。

「いかん。人が多すぎる」

朝倉は舌打ちした。捜査は目立たないように会議室を借りているのに、人が大勢集まる食堂に顔を出しては意味がない。腹が減って危うく捜査を台無しにするところだった。もっと時間をずらすか、テイクアウトにするべきだ。

「出直そう。戻るぞ」

朝倉は食堂を出た。

廊下でも数人の自衛官がこちらに向かってきていた。その一人と、朝倉は目が合った。

「えっ！」

男は両眼を見開き、踵《きびす》を返すと小走りに去って行く。

「中村、あの男は内藤真也《ないとうしんや》二佐だ。あいつを任意同行するんだ」

朝倉は中村の背中を押した。対象として可能性がある十一名の上級士官の名前と顔は、すべて頭に入っている。佐世保地方隊の幹部のうち護衛艦や潜水艦の艦長など地上勤務でない士官は除外した。

「はっ、はい！」

中村は廊下を走った。

「お待ちください。内藤二佐、特捜局です」

中村は遠慮がちに声を掛けながら追った。中村の階級では憚《はばか》られるのだろう。

内藤は無視して階段室に消えた。

「まったく」

舌打ちした朝倉も走る。

「私は、特捜局の捜査官です。指示に従ってください」

階段の踊り場で中村が内藤の前に両腕を広げて立った。

「どけ！　私になんの用があるのだ！」

内藤が興奮した様子で中村の胸ぐらを摑んだ。

「中村！　公務執行妨害の現行犯だ。ワッパを掛けろ！」

朝倉は声を荒らげた。

「はっ、はい。内藤二佐、失礼いたします。……一二〇九《ひとふたまるきゅう》、あなたを、公務執行妨害の現行犯で逮捕します！」

中村は内藤の腕を摑んで後ろ手にして手錠を掛け、時間を確認しながら逮捕を宣言した。

5

午後一時二十分、佐世保地方総監部、警務隊庁舎。

帝国海軍佐世保鎮守府は、一九四五（昭和二十）年六月の佐世保空襲により、鎮守府庁舎を含めて多くの建物が消失した。だが、昭和期に建設された通信隊庁舎（現システム通信庁舎）や気象観測所（現警務隊庁舎）、地下防空指揮所などは残されている。

警務隊庁舎二階の取調室に、内藤二等海佐が手錠を掛けられて座っている。

総監部庁舎で逮捕した内藤を朝倉は、すぐさま敷地内の警務隊庁舎に移している。逮捕したところは階段の踊り場だったので、他の自衛官の目に触れることはなかった。また、内藤の周囲を特捜局のメンバーで取り囲んで人目に触れないように警務隊庁舎に移動している。

佐野が書類を手に取調室に入った。朝倉は逮捕を強行したことを守口総監に説明するために、尋問をベテランの佐野に任せたのだ。

「私は二佐だぞ。手錠を掛けるのは、不当だ。特捜局は何様のつもりだ！」

内藤は、机を両手で叩いた。

「お待たせしました。佐野晋平と申します」

佐野は内藤の怒声を歯《し》牙《が》にも掛けず、向かいの椅子に座った。

「貴様！」

内藤は佐野を睨みつけた。階級を言ったにも拘わらず、佐野が名前だけ言ったので腹を立てたのだろう。彼は特捜局が警務隊と変わらないと思っているらしい。

「名前は内藤真也、四十歳、階級は二等海佐、総監部監査官で間違いありませんか。私は警視庁出身でして、自衛隊の階級に疎いんですよ。二等海佐って偉いんですか？」

佐野はおっとりした口調で尋ね、にこりと笑った。決して相手の挑発に乗らずに、和やかなムードに持っていく〝仏の佐野〟の尋問が始まったのだ。

「警察……」

内藤は口籠《くちごも》った。二等海佐なら幹部クラスであるが、それはあくまでも自衛隊においての階級である。同じ組織に属さない者に階級をかざしても意味がないことを悟ったようだ。

「あなたは、特捜局の捜査員の声掛けに対して、暴力で対処されたために公務執行妨害の現行犯で逮捕されました。間違いありませんね」

佐野は調書に書き込みながら尋ねた。尋問中に調書を書くことはない。取調室では筆記係が尋問経緯を記録する。だが、あえて佐野は事件を記録していると内藤にアピールしているのだ。

「私の前を塞いだので、つい手が出てしまった。それに関しては謝罪する。だが、胸ぐらを摑んだぐらいで現行犯逮捕なんて大袈裟じゃないのか」

内藤は苦笑を浮かべた。

「職務質問をした警察官にいきなり胸ぐらを摑んで凄んだ民間人がいたとします。あなたなら、どう思われますか？　われわれ法の執行官に対して、胸ぐらを摑んで脅しても処罰されないとしたら、どうなるでしょうか？　おそらく誰しも真似をするでしょうね。我々はそれでは怖くて職務質問もできなくなります。あなたを逮捕したことは、大袈裟でしたか？」

佐野は丁寧に尋ねた。

「……いや、そうではない。すまなかった」

内藤の声が小さくなった。

「それでは、いくつか質問させてください。まず、どうして、あなたは逃げ出すように走り去ったのですか？」

佐野はにこやかに頷くと質問した。

内藤は小さく首を横に振った。

「大事な用事を思い出したのだ。逃げたわけではない」

「あなたは、ひょっとしてこの男を見たからではないですか？」

佐野はスマートフォンを取り出し、馬振東の写真を表示させた。

「なっ！」

内藤は両眼を見開き、写真と佐野の顔を交互に見た。やはり朝倉と馬振東を見間違えたらしい。

「やはり、そうですか。この男は中国共産党中央統一戦線工作部に所属する馬振東という男です。国家秘密保護法がまだ制定されていませんので、このような工作員と接触するだけでしたら現在は罪に問われません。しかし、工作員と知りつつ何か要求に応えたり、仲介したりという行為で国益に反する結果を生み出せば処罰の対象になります。もちろん、内藤二佐、あなたは自衛官ですからその辺の法律は、私よりも熟知されていると思いますが、違いますか？」

佐野は内藤を覗き込むように尋ねた。

「黙秘します。私は何も話はできないのです」

内藤は眉間に皺を寄せて頑《かたく》なに首を振った。


「内藤は、いったい何を隠しているのだ」

マジックミラー越しに取調室を見ていた守口総監は、鋭い舌打ちをした。

「佐野はベテランですから、もう少し掘り下げてくれますよ」

傍に立つ朝倉は腕組みをして様子を見ていた。

朝倉が内藤を逮捕したことを守口に伝えたところ、取調べを見たいと言われたので観察室に連れてきたのだ。また、佐野に尋問を任せたのは、内藤が朝倉の顔を見て反応したからである。

「二人の警備隊員が殺害されたらしいが、彼が関わっていると思うか？」

守口は厳しい表情で尋ねた。

「直接の関わりはないでしょう。おそらく馬振束は、二佐の弱みを握っているのじゃないかと思います。何か要求されているのでしょう。少なくとも自衛官が金で動いているとは信じたくありません。二佐は、殺害された警備隊員に馬振束の出入りの記録を削除するように命じたと思われます。ところが、私に目撃された馬振東は、警備隊員を殺害することで二佐と接触した証拠を完全に消したのでしょう」

「内藤は中国の工作員から何を要求されているんだ？」

守口は苛立ち気味に尋ねてきた。

「我々が米国と共同で行っている極秘捜査と関係があると思います」

朝倉は原潜の情報漏洩事件を捜査している過程で、馬振東が内藤に接触したのなら無関係ではないと思っている。

「君たちの捜査は、米国の機密情報漏洩だと聞いたが、内藤が関係しているとは思えない。彼は佐世保地方隊の職務の遂行状況をチェックし、監視・監察を行う監察官だ。技術屋ではない。米国の原潜の機密を手に入れることはできないだろう」

守口は首を捻った。

「推測に過ぎませんが、彼は受け子にされたんじゃないかと思っています。今、ＮＣＩＳに確認させています」

朝倉は内藤が米海軍基地に出入りしていなかったか、ハインズに調べさせている。電話やメールは危険なため、中村に直接米軍基地まで行かせて伝えたのだ。

ＮＣＩＳが情報漏洩者として米軍関係者を五人まで絞り、朝倉はその三人と接触した。残りの二人にも朝倉が直接会って様子を見るはずだった。だが、昨夜朝倉は馬振東と遭遇したために、当面は米軍基地での活動はできないと断りを入れてある。そこで、ハインズは残りの二人の候補者に馬振東の写真を見せて反応を見たそうだ。だが、二人は驚くこともなく、首を捻ったという。

　朝倉が接触した三人もそうだが、馬振東に会ったこともない感じであった。米軍関係者は、馬振東ではなく、第三者を介して情報を漏らしているのではないかと思えるのだ。その第三者が内藤だとしたら同盟国の軍人として怪しまれることなく米軍基地に出入りし、堂々と情報漏洩者と会うことができるだろう。

　ポケットのスマートフォンが鳴った。

――ハインズだ。例の依頼について調べてみた。アルファとブラボーに、面会の記録が残っていたよ。詳しくは、例の暗号ソフトで送る。

　ハインズは淡々と言った。朝倉は五人の候補者の名前をＮＡＴＯフォネティックコードで簡単に割り当て、メールか電話で答えるように中村を介して教えていた。アルファ（Ａ）はジェフ・メイベリー、ブラボー（Ｂ）はライアン・コラレックである。暗号ソフトは、中村が提案した画像を暗号化するアプリのことで、今回に限って情報共有化で使うことにしたのだ。

「二人？　一人はブラフか？」

　朝倉は首を傾げた。ブラフとは、威嚇《いかく》やこけおどしという意味もあるが、はったりという意味もある。候補者を一人に絞り込めないように、内藤は二人の米軍関係者と会っていた可能性も考えられるのだ。

――可能性はあるな。

「分かった。俺が尋問してみるよ」

通話を切った朝倉は観察室を出て、取調室に入った。

「何！」

内藤が朝倉の顔を見て仰け反った。

「佐野さん、お邪魔します。新たな情報が入ったので、私も尋問していいですか？」

朝倉は佐野の横に折り畳み椅子を置いて座った。

「ちょうど行き詰まっていたところです」

佐野は椅子を横に引いて朝倉を内藤の前に座らせた。

「私は朝倉俊暉、特捜局の特別捜査官兼副局長です。中国の工作員馬振東と酷似しているそうですね。中国の工作員にすら見間違えたと言われましたよ」

朝倉は内藤を見つめながら鼻先で笑った。相手が二佐のため、言葉遣いは丁寧に尋ねている。

「えっ……」

内藤はまだ事態を理解できていないようだ。それほど朝倉は馬振東に似ているらしい。

「二佐が、米軍のジェフ・メイベリー海軍少佐と技術者のライアン・コラレックと接触していたという情報をさきほど得ました。原潜の情報は、どちらから受け取っていたんですか？　得られた情報を馬振東に渡したはずです」

朝倉は推測ではあるが、自信を持って言った。

「……」

内藤は見開いた目を朝倉から外した。推測は当たっていたらしい。

「馬振東に何を握られているんですか？　金じゃないんでしょう？」

朝倉の言葉に、内藤の目が泳いだ。

「家族が人質になっているんじゃないですか？」

「口外したら家族は殺されると言われている。どうしたらいいんだ」

内藤は両手で頭を抱えた。

「我々が保護します。安心してください」

朝倉は内藤の肩を優しく叩いた。

「助けて欲しい。家族を救ってくれ。頼む！」

内藤は机に両手を突いて頭を下げた。

「佐野さん、続けてください。俺たちは先に行きます」

朝倉は佐野に頷くと、右拳を握って立ち上がった。

フェーズ7：人質

1

八月二十五日、午後二時三十分、佐世保天神町《てんじんちょう》。

朝倉は、佐世保公園の駐車場に停めたハイエースの後部座席に座っている。

警務隊庁舎の取調室で、内藤二等海佐から家族が人質に取られていると聞き出し、準備を整えて出動した。内藤は妻と中学二年生と小学六年生の息子との四人家族で、佐世保公園から百メートルほど離れた一戸建ての賃貸住宅に住んでいる。

佐世保地方総監部から四キロ弱の距離にあり、車での通勤らしい。周囲は住宅が密集し、狭い道に囲まれているため、張り込みが難しい場所である。

人質の安全を考えて直接踏み込むことはできない。まずは、家の中の状況を知る必要があった。そのため、住民に扮した捜査員を周囲に配置すると同時に監視カメラ等の設置も必要である。

目立たないように特捜局の国松と中村と大竹、県警は真下と彼の部下である横川と山中の六人だけで張り込みさせている。佐野は佐世保警務隊に残り、内藤の尋問を続けていた。内藤はまだすべてを自供したわけではないからだ。

　現場を中心に五十メートル離れた要所に県警本部と所轄のパトカーを配置した。いざとなれば道路を封鎖し、犯人の逃亡を防ぐのだ。現在できることはすべてする。だが、顔が知られている朝倉は、この辺りを出歩くことはできない。

――こちら国松、副局長、どうぞ。

国松からの無線だ。

　朝倉らは四十分ほど前に無線機、監視カメラ、パラボラ集音器など張り込み道具をハイエースに積み込んで出発した。現場に到着してから二十分ほど経過している。

「どうだ？」

朝倉はウィンドウの外を見て尋ねた。ウィンドウガラスにはスモークフィルムが貼ってあるので、外から見られる心配はない。

――予定通り、設置しました。

内藤の自宅から東に三十メートルほど離れた二階建ての家に、捜査協力を求めていた。国松は真下の部下と組んでおり、パラボラ集音器とビデオカメラを協力者宅の二階に設置したのだ。そこから内藤の家の東側が見渡せる。一階はリビング、二階は夫婦の寝室になっていた。集音器もビデオカメラもＷｉ－Ｆｉ機能があるので、ネット経由で映像や音声を確認できる。

「了解」

朝倉は、手元のノートＰＣを起動させた。ハイエースの後部には小さなテーブルが設置してあり、二台のノートＰＣや無線機が固定してある。県警本部の車で、張り込み専用らしい。

左側のノートＰＣの画面に内藤の家が映り込んでいる。右側のノートＰＣに集音器を繋いだ。スピーカーからは風の音だけが雑音として流れていた。リビングと寝室には誰もいないのか、あるいは会話をしていないということだ。

――こちら中村、副局長どうぞ。

「俺だ」

朝倉はノートＰＣの映像を見ながら答えた。

――こちらも設置しました。

中村も真下の部下と組んでいる。九州電力の作業員に成りすまし、電柱の変圧器に同色であるグレーに偽装した箱に仕込まれたＷｉ－Ｆｉビデオカメラを取り付けてきたのだ。

電柱は内藤の家の西側にあり、一階の台所と二階の子供部屋が映るだろう。

「了解」

さっそく、左側のノートPCに映像を反映させた。アングルは問題ない。これで内藤家を東側と西側から監視できる。

「まいったな」

朝倉は溜息を吐いた。どの部屋もカーテンを閉ざしており、家の中を見ることができないのだ。人質事件なので慎重に捜査を進め、長期戦も覚悟しなければならない。だが、内藤が逮捕されたことはいずれ馬振東らに漏れる。そうなれば人質の意味はなくなり、家族が殺される可能性も考えるべきだ。

「真下くん。朝倉だ。また、頼みがある」

詳しくは無線では話さないようにしている。無線はスクランブルが掛かるので盗聴の恐れはないが、中国の工作員が相手だけに用心しているのだ。

――一分お待ちください。

真下は律儀に一分以内に走って来た。

「すまないが、宅配便の制服を手に入れて欲しいんだ。念のために準備したい」

宅配便の社員を装って、直接内藤の家の様子を窺うのだ。

「やはり、動きはないと思われますか」

真下は険しい表情になった。

「長期戦は覚悟しなければならない。だが、相手は中国の工作員だ。これまでの犯行の手口からして腕利きだろう。内藤の逮捕が分かれば、即刻人質は殺される。時間の問題だ」

朝倉はノートPCの画面を見ながら答えた。

「分かりました。すぐ手配します」

真下はすぐさま本部に電話を掛けた。

「ホシの車は、どこにあるんだ？」

朝倉は首を捻った。馬振東と林波が二人とも内藤の家にいるのなら、彼らの車があるはずだ。

「そう言われてみれば、内藤家の駐車場は空です。ホシが徒歩で来たとは思えないので、別行動しているのか、それとも家にはホシだけでなく人質もいないかもしれませんね」

真下は腕組みをして答えた。

朝倉はスマートフォンを出し、佐野に電話を掛けた。

「ホシから接触はありましたか？」

――まだ、接触はありません。ただ、五時間ごとにビデオ通話で連絡があるそうで、最後の通話が午前十一時だったそうです。次は午後四時ですね。

相手がビデオ通話をしてくるのは、内藤がどういう状況にあるのか確認するためだろう。

「やはりそうか。それじゃ、内藤にスマートフォンを渡してください。それと、戸田に連絡をして逆探知できるように手配してください」

——了解です。私はこのまま内藤に付いています。

「助かります。内藤に連絡があったら、必ず家族の安否確認をさせてください。よろしくお願いします」

頷いた朝倉は、通話を終えた。

「馬振東か林波から一六〇〇《ひとろくまるまる》に連絡があるそうだ。その内容によっては、踏み込む。今のうちに腕の立つ所轄の刑事に銃を携帯させて呼び寄せてくれ」

朝倉は真下に命じた。特捜局は常時銃を携帯しているが、真下ら警察官は張り込みで武装することはない。それには県警本部長の許可を得る必要がある。真下と彼の部下は県警本部に戻る時間はないので、所轄の刑事に武装させるのだ。とはいえ、一軒家なので踏み込むのは特捜局の捜査員だけで充分だろう。所轄の刑事らに援護を頼むのは、県警の顔に泥を塗るような真似をしないためでもある。

「はっ、はい」

真下は困惑の表情を浮かべながらも返事をした。

2

午後三時十分、佐世保地方総監部、警務隊庁舎。

朝倉は、観察室で取調室の佐野と内藤を見つめていた。

机には彼のスマートフォンとペットボトルの水も置かれており、数時間前に比べれば緊迫した様子はない。

佐野は尋問するだけでなく、子供の話をしたり、仕事の話を聞いたりと相手にプレッシャーをかけないようにしている。内藤もかなり落ち着いたらしく、佐野に対しても敬意を払いながら答えていた。

朝倉は馬振東らに面が割れているため、現場では役に立たないことを改めて自覚した。そこで、現場の指揮を真下に任せて佐世保地方総監部に一人で戻ってきたのだ。

内藤の家族を人質にとっている馬振東は、内藤が裏切っていないか五時間ごとに確認してくるという。昨日は林波からの連絡だったらしい。次の連絡の内容によっては内藤家の張り込みをしている国松らと合流し、踏み込むつもりだ。

「それでは、これまでの経緯をおさらいしながら確認させてください」

佐野は自分で作成した調書を開いた。

「三日前の深夜、内藤家に二人の男が押し入った。一人は隻眼の大男で杉田と名乗り、もう一人は木村と名乗る中肉中背の若い男。あなたは、二人の発音からして中国人だと感じたんですよね」

佐野は調書に目を通しながら言った。

「そうだ。杉田はそこそこ日本語が話せたが、木村は片言だった」

内藤は姿勢を正して頷いた。

「我々の調査で杉田と名乗ったのは中央統戦部の工作員、馬振東と分かっています。木村はおそらく林波でしょう。便宜上、杉田と木村で事実確認します。杉田らは家族を人質にし、あなたにジェフ・メイベリー海軍少佐からＵＳＢメモリを受け取るように命じたのですね」

佐野は「便宜上」と言っているが中国名で呼ぶと、内藤にプレッシャーを掛けるからだろう。

「メイベリー少佐は技術者のライアン・コラレックから極秘情報を入手し、それを私に渡すことになっている。受け取る日時はまだ連絡を貰っていない。コラレックがまだ極秘情報を手に入れていないのか、中国側と条件面で折り合いがついていないからだろう。私は少佐に会うつもりもないと断ったが、家族を殺すと脅されて帰宅を許されなかったのだ」

内藤は補足した。彼が一昨日からホテルに宿泊していることは、すでに調べてある。

「あなたは二週間前の十一日にも米軍基地に赴き、メイベリー少佐とコラレックに会っていたとＮＣＩＳから聞いています。あなたが、杉田から命じられたのは三日前ですよね。その前にも極秘情報を渡されたのですか？」

佐野は首を捻った。

「二週間前に会ったのは、メイベリー少佐から、〝はぐろ〟の寄港スケジュールが知りたいと言われたからだ。米軍の高官から私に問い合わせがあるのは以前にもあった。メイベリー少佐とは、一年前の日米共同訓練の時からの知り合いなので疑うことはなかった。それに米軍基地でランチをご馳走すると言われて、スケジュール表を持参して米軍基地に気軽に出かけたのだ。フードコートで食事をしたが、コラレックが同席し、紹介された」

　内藤は表情も変えずに答えた。嘘ではないのだろう。

〝はぐろ〟とは艤装《ぎそう》工事と海上公試を終えて二〇二一年三月に海上自衛隊に引き渡され、佐世保に配備された〝まや型護衛艦〟の二番艦である。従来のこんごう型とあたご型のイージス艦よりも高い防空能力があるという最新鋭艦だ。

「その時、あなたを通じて中国のスパイに情報を流すと約束したんですか?」

　佐野は首を傾げ、淡々と尋ねた。

「いいや、単純にメイベリー少佐に、コラレックを紹介されて昼食を食べただけだ。〝はぐろ〟の寄港スケジュールは、ランチを一緒に食べるための口実だったのだろう」

　内藤は佐野から視線を外して答えた。内容に矛盾はないが、何か腹に持っている感じだ。

「米軍人は、暇だったんですね。そうですか。しかし、あなたは、家族を人質に取られる前からメイベリー少佐に何か弱みを握られていたんじゃないのですか? メイベリー少佐と食事をしただけで、中国の工作員に目を付けられるとは思えないんですよ」

佐野は机に肘を突いて尋ねた。

「弱み？」

内藤は肩を竦めた。

「二週間前に何か渡されたんじゃないですか？　私の勘は外れたことがないんですよ」

佐野はやんわりと尋ねた。

「……」

内藤は俯いて押し黙った。

「我々はあなたの家族をなんとか救い出そうとしている。だが、あなたの協力がなければ、それも難しい。奥さんと子供の命は、あなたに掛かっているんですよ。見殺しにするのですか？」

佐野は軽く机を叩き、内藤の視線を向かせると諭すように言った。

「……二週間前の食事会の後にメイベリー少佐からエアメールの封筒を渡された。宛先はシンガポールだったと思う。友人に送るので、日本の綺麗《きれい》な切手を貼って送りたいと言われたのだ。私は素直に信じ、基地の外の郵便局で記念切手を貼って送った。ところが、投函後にメイベリー少佐から、封筒の中身は軍事機密情報が入ったマイクロＳＤカードだったと言われたのだ。しかも送り先は中国の諜報員だったらしい」

内藤は額に両手の爪《つめ》を立て掻きむしった。

「食事に誘ったのは、あなたを軍事情報の漏洩者に陥れるためだったということですか。卑劣な手口ですね」

佐野は溜息を漏らしながら相槌を打った。

「メイベリー少佐は、私を仲介者にすることで、情報漏洩の捜査が自分に及ばないようにしたのだ。次の仕事もあると言われたのだが、私は拒絶した。だが、すでに一度過ちを犯してしまったので、上官に相談することができなかったのだ」

内藤は声を震わせて言った。

「メイベリー少佐の指示に従わないあなたに業を煮やした中国側は、杉田と木村に内藤家を襲撃させ、人質に取ったというわけですか」

佐野はなんども頷き、調書に加筆した。

3

午後三時五十五分、佐世保地方総監部。

朝倉は二階の監察官室のソファーに座っていた。

「Ａチーム、Ｂチーム位置に着いたか？」

腕時計で時間を確かめた朝倉は、手元のノートＰＣの画面を見ながら無線機で呼びかけた。ノートＰＣには内藤家の監視映像が映っている。

——Ａチーム、位置に付きました。

現地の国松から返事が返ってきた。Ａチームは国松をリーダーとし、中村と大竹の特捜局で構成されている。

——こちらＢチーム、位置に付きました。Ｃチームも位置に付いています。

今度は真下からの連絡だ。Ｂチームは彼と二人の部下である。彼らは所轄から銃を借りて武装していた。Ｃチームは所轄の応援チームで、銃を携帯した三人の刑事だ。

真下は福岡県警察ＳＡＴの出動を要請していたが、長崎自動車道の渋滞で到着が三十分ほど遅れるらしい。馬振東の電話の内容次第だが、余裕があるならＳＡＴの到着を待って突入させるつもりだ。当てにはできないが。

「連絡を待て」

朝倉は無線連絡を終えると、おもむろに立ち上がった。

「家族は本当に大丈夫ですか？」

内藤は執務机の椅子に座り、困惑の表情を浮かべている。手錠を外し、警務隊庁舎から連れてきた。釈放というわけではない。五分後に馬振東か林波から内藤にビデオ通話の電話が掛かってくる。そのために彼の執務室に戻したのだ。

「相手はプロの殺し屋です。気休めを言うつもりはありません。だが、我々は最善を尽くします」

朝倉は静かに言った。

内藤は当然のことであるが、米軍の情報を守ろうとして家族を危険に晒《さら》している。メイベリーに騙されたことは事故のようなものだ。だが、上司に打ち明けなかったのは大きなミスである。メイベリーが言うように内藤がマイクロＳＤを入れた封筒を中国のスパイに渡したのなら、日米相互防衛援助協定に伴う秘密保護法に基づき処罰される可能性はあるだろう。内藤はそれを自覚していたのかは疑問だ。

執務机の上の内藤のスマートフォンが鳴った。

「できるだけ会話は伸ばしてください」

朝倉は、監察官室を出て廊下の向かいの書類倉庫に入った。書類が詰められた段ボール箱が、スチール棚に納められている。出入口近くの棚にノートＰＣが載せられていた。そのディスプレーには監察官室内部が映っている。監視カメラを設置してあるのだ。

「戸田。始まったぞ」

朝倉は用意してあった椅子に腰を下ろした。

――すでに解析を始めています。

特捜局本部にいる戸田が答えた。国松らとは別のＩＰ無線機で通話している。ＩＰ無線機はインターネットを使うため、距離とは関係ない。

「私だ」

内藤はスマートフォンを手にし、スピーカーモードにすると電話に出た。

――杉田だ。いつものように周囲を映し出せ。

馬振東は押し殺した声で言った。

「分かった」

内藤はスマートフォンの画面を外向きにしてぐるりと回転し、部屋の中を撮影した。

――まだ、おまえは捕まっていないようだな。安心した。受け渡し場所と時間が決まった。さすがに逆らうことはないだろうな。

「まず、家族の安全を確認させろ。いつものように声だけじゃだめだ。映像で確認できなきゃ、信用できない」

内藤は険しい表情で首を振った。一昨日から家に帰ることを許されず、ホテルに宿泊していた。昨日も家族の安否を確認したが、声だけ聞かされたらしい。

――おまえは指図する立場じゃない。だが、特別に許してやろう。

馬振東は自分のスマートフォンの角度を変えた。

部屋の片隅に猿轡《さるぐつわ》をされた内藤の妻子が映る。

「良子《りょうこ》！」

内藤は妻の名前を呼んだ。

――君の家族は無事だ。私の指示に従え。

「……分かった」

内藤は頷くと、右手で額を押さえた。

――一時間後の午後五時にメイベリーに会ってUSBメモリを受け取るんだ。

「そのUSBメモリと家族を交換するんだな」

――今後も協力するというのなら、生きた状態で返してやる。

通話は切れた。

「どうだった？」

朝倉は戸田に尋ねながら書類倉庫を出た。

――途中の中継局までです。発信元まで辿り着けませんでした。

「ご苦労さん」

朝倉は監察官室に入った。

「大変だ。家族は家から連れ去られたらしい。妻の姿が見えたが、倉庫か地下室のような窓もない部屋だった。自宅ではない。どうしたらいいんだ？」

立ち上がった内藤は、朝倉に迫った。

「このままやつの指示に従うしかありませんね。すみませんが、御同行ください」

朝倉はさりげなく内藤からスマートフォンを取り上げた。

「分かりました」

内藤は力なく返事をした。

「こちら、朝倉。真下、応答せよ」

朝倉は無線で呼びかけた。

――こちら真下、どうぞ。

「突入中止、ターゲットはいない。現場チームは、すべて撤収」

朝倉は真下に現場にいるすべての警察官の撤収を命じた。無人の家に突入しても意味がない。手がかりを探すにしても今はまずい。警察が動いていることを敵に悟られたくないのだ。

「了解です」

真下の声が虚《むな》しくイヤホンに響いた。

4

午後四時二十分、佐世保米軍基地、ＮＣＩＳ支局。

会議室の長テーブルの右手に朝倉、テーブルを挟んだ正面にハインズ、その右隣りにブレグマン、左隣りにマルテスが座っている。

朝倉は人質に取られている内藤の家族の居場所が掴めないため、このまま極秘情報の受け渡しを実行させるつもりだ。情報と引き換えに家族を交換するとみせかけて馬振束を逮捕し、内藤の家族も奪回する。だが、それにはＮＣＩＳの協力なしでは進められない。

「海自の将校を介して軍事情報を渡すのか。考えたな。どうりで候補者たちが俊暉の顔を見ても反応がなかったはずだ」

ハインズはブレグマンと顔を見合わせて苦笑した。

「人命を考慮し、メイベリー少佐とコラレックをこのまま泳がせ、内藤二佐と接触させて欲しい」

朝倉は日本側の捜査状況を説明した上で、協力を求めた。ＮＣＩＳでは、二人の容疑を固めつつあり、逮捕は秒読み段階にはいっているらしいのだ。

「メイベリーらを泳がせるのは問題ない。だが、彼らが盗み出した情報が、万が一にでも中国の手に渡ったら、大変なことになる」

ハインズは渋い表情で腕を組んだ。

「中国がどういう技術を欲しがっているのかは知らないが、偽のデータを渡せばいい。あらかじめ用意してくれれば、内藤が偽のデータと差し替えるから問題ないだろう」

「中国の欲しがっているデータは、機関部の静音システムだ。中国は旧型の０９２型や０９３型以外にも米軍の最新鋭艦に匹敵する０９４型（晋《しん》級）の原潜を、七隻も就役させている。攻撃型潜水艦の数は、今や米国を超えているとさえ言われている。だが、最新の０９４型ですら静寂性に欠けているため、中国は米国の静音システムを欲しがっているのだ」

　ハインズは鼻先で笑った。通常艦のディーゼルエンジンは大量の空気を必要とするので、大気を補給するために潜航活動期間は短くなる。一方で原子力エンジンは空気を必要とせず、長期間の潜航が可能だ。だが、原子力機関は一旦稼働させると停止させることができず、常に騒音を発する。そのため、原潜は静音技術が求められるのだ。

　ちなみに日本が誇る〝そうりゅう型〟潜水艦は、ディーゼル・スターリング・エレクトリック方式を採用し、ＡＩＰ（非大気依存推進）システム方式の機関部を搭載した潜水艦だ。原潜ほどではないが長期潜航作戦行動が可能で、エンジンを完全に止められるため無音潜航も可能という利点もある。

　リチウム電池の発火性は液体を使用しているものだが、全固体電池の開発も進んでいる。大容量で安全性の高いリチウム電池が商品化されるのも現実的になってきたため、〝そうりゅう型〟潜水艦はさらに進化するだろう。原潜保有を論じられているが、そもそも長期間の極秘作戦を必要としない日本に原潜は必要ないのだ。

「米軍は囮捜査用の軍事ダミーデータを持っていると聞く。それを使わせてくれ」

朝倉は右拳でテーブルを叩いた。

「何！　なぜそれを。トップシークレットだぞ」

ハインズは両眼を見開いた。

「噂で聞いたんだ。すぐに用意できるんだろう？」

朝倉は苦笑した。特戦群時代に米軍を研究する座学があり、そこで耳にした。だが、ずいぶん前のことなので、今でもトップシークレットと言われるとは思わなかった。

「ダミーデータなら私の権限で使用することはできる。……分かった用意しよう。だが、少々時間が掛かる」

ハインズは渋々同意した。

「三十分後、内藤がメイベリー少佐を訪ねてくる。ダミーデータは、俺の部下に渡してくれ。内藤が渡されたデータと差し替える。馬振東から次の指示があるまでは少佐とコラレックには手を出さないで欲しい。馬振東は情報の引き渡しを内藤に確認するはずだ」

朝倉は立ち上がった。佐世保地方総監部に戻り、内藤と打ち合わせをするのだ。

「了解した。俊暉。君と組んで本当によかったよ」

ハインズも立ち上がり、右手を出して笑顔で言った。

「それを言うのはまだ早いぞ」

朝倉はハインズの右手を叩くと、会議室を出た。

数分後、総監部に戻った朝倉は階段で二階に駆け上がった。

監察官室の前に立っていた二人の警務官が敬礼した。彼らに内藤の見張りをさせていたのだ。

朝倉は二人に頷くと監察官室に入った。

内藤は執務机の前のソファーに項垂《うなだ》れて座っている。その傍に国松が立っていた。

「用意はできています」

振り返った国松が軽い敬礼をした。朝倉は米軍基地を出る際、内藤に隠しマイクと無線機やＧＰＳ発信機を取り付けるように指示しておいたのだ。また、中村は、ハインズからダミーデータのＵＳＢメモリを受け取るために米軍基地に行かせた。

「内藤二佐、予定通りメイベリー少佐と接触します」

朝倉は内藤の前のソファーに座った。

「私はＵＳＢメモリを受け取るだけでいいのかね？」

内藤は不満げに上目遣いで尋ねた。メイベリーに会ったら、文句でも言いたいのだろう。

「受け取るだけです。メイベリーは受け渡しができたかを馬振東と連絡を取り合うでしょう。受け取ったら時間をおかずに馬振東から連絡が来るはずです。それから、受け取った直後に中村が接触します。その際、ダミーデータを入れたＵＳＢメモリと交換してください」

朝倉は手順をゆっくりと説明した。

「分かった」

内藤は大きな溜息を吐くと立ち上がった。

「こちらからの連絡は、装着した小型イヤホンで聞き取れます。二佐が呟くだけで隠しマイクが拾うので心配ご無用です。スマートフォンは我々がモニターしていますので、会話はこちらで聞いています。それから、馬振東からの連絡には素直に応じてください。何かあれば、すぐに駆けつけますのでご安心ください」

朝倉は内藤に注意事項を伝えた。

「君たちの指示には従う。だが、家族の安全を優先してくれ」

内藤は朝倉と国松を交互に鋭い目付きで見た。手錠が外されているので、自分の置かれている立場を忘れているのかもしれない。

「米軍基地には、一人で行ってください。我々は別の車で行きます」

朝倉はむっとした表情で言った。

5

午後四時五十分、内藤は、日産のシーマで佐世保地方総監部を出た。朝倉と国松の乗ったマークXが、二十メートル後方に続く。

三分後、シーマとマークXは佐世保米軍基地のゲートを通過した。

シーマはそのままメイン通りをまっすぐ進む。突き当たりの交差点を右折し、フードコートを通り過ぎて左折し、隣接する駐車場のほぼ中央に車を停めた。

朝倉はシーマから五十メートルほど離れた場所にマークXを停める。データの受け渡しは午後五時と決まっていたが、十分ほど前にメイベリーから待ち合わせ場所をこの駐車場の中心でと指定されたのだ。

駐車場の北側に二つのフードコートビル、西側にマクドナルドなどの飲食のエリア、南側にはフィットネスクラブがある。駐車場は一千台近く停められるキャパがあり、六十パーセントほど埋まっていた。

「駐車場の中心だなんて、敵も考えたな。監視カメラの死角なんだ」

運転席の国松が腕を組んで言った。監視カメラは駐車場の出入口に設置されているだけだ。米軍基地内は治安が保たれているので、監視の目が緩いのだろう。

「ＮＣＩＳの捜査官が、四方向からカメラで狙っている。死角はない」

助手席の朝倉も渋い表情になった。ＮＣＩＳの捜査官が乗った車が、内藤のシーマを取り囲むように駐車されている。

朝倉が心配しているのは、内藤の行動なのだ。彼はＵＳＢメモリを手に入れたら、一旦佐世保地方総監部に戻ることになっている。だが、メイベリーから馬振東との受け渡し場所を告げられた場合、内藤がＵＳＢメモリを交換せずに直行することを朝倉は危惧《きぐ》していた。馬振東は狡猾《こうかつ》な男である。内藤が裏切らないように何か考えているはずだ。

「失礼します」

後部ドアが開き、中村が頭を下げながら後部座席に座った。朝倉は、地面を這《は》いずるように近寄ってきた中村をサイドミラーで確認している。

「馬鹿野郎、いきなり入ってくるな」

国松が右手で胸を押さえて怒鳴った。

「すみません。ミスター・ハインズから伝言を頼まれたんです。電話で連絡したら駄目だと思ってこっそりやって来たんです」

中村は声を潜め、身を屈《かが》めた。

「後部座席はスモークフィルムが貼ってあるんだ。こそこそする必要はない。早く報告しろ」

朝倉はふんと鼻息を漏らした。

「はっ、はい。ＮＣＩＳでダミーＵＳＢメモリを二つ作り、一つを預かって来ました」

シートに座り直した中村が、ポケットからＵＳＢメモリを出して渡してきた。

「二つ？　なるほど、機会があればＮＣＩＳの捜査官が内藤にＵＳＢメモリを渡すということだな。ハインズも内藤の裏切りを心配しているようだな」

朝倉はＵＳＢメモリをポケットに入れた。

「それから、ミスター・ハインズは、ゲートボックスにいます。内藤二佐がゲートを出る際にＵＳＢメモリを交換するそうです。二佐が拒否すれば、その場で逮捕すると言われました」

中村は背筋を伸ばして報告した。

「逮捕すると言われれば、二佐も拒絶できないな」

朝倉は大きく頷いた。

——こちら、ホテル。シエラどうぞ。

ハインズから無線連絡が入った。ＮＣＩＳとの交信は単純にＮＡＴＯフォネティックコードを使って、各自のイニシャルをコードネームとしている。ハインズはＨの「ホテル」、朝倉は俊暉のＳで「シエラ」という具合だ。無線はＮＣＩＳの周波数と合わせてある。

「こちらシエラ。どうぞ」

朝倉は内藤のシーマを見ながら答えた。

――今、スニッチが動いた。

スニッチは「言ってはいけないことを言う人」、つまり「裏切り者」という意味である。ハインズはメイベリーが駐車場に向かっていると教えてくれたのだ。

「了解」

朝倉は答えると、サングラスを掛けた。

「来ましたよ」

国松が、望遠レンズを装着した一眼デジタルカメラを出した。証拠写真を特捜局でも押さえておくのだ。午後四時五十七分、待ち合わせ時刻より少々早い。

内藤の車にカワサキの黒いＺ１０００が、横付けされた。国松がカメラのシャッターを切る。

――ここに一七三〇までに行き、この封筒を渡すんだ。

メイベリーの声が無線機を通じて聞こえてきた。フルフェイスのヘルメットを被《かぶ》っているので、顔は分からないが彼に違いない。メイベリーはカード状の物と封筒を渡した。

――ちょっ、ちょっと待ってくれ。この封筒に何が入っているんだ。どう見てもＵＳＢメモリは入っていないぞ。

内藤が取り乱しているようだ。

――データは、マイクロＳＤにコピーしてある。

――馬鹿な。ＵＳＢメモリだと聞いていたぞ。

――媒体はなんでも構わないだろう。いいのかゆっくりしていて。おまえがちゃんと行動すれば、家族は戻ってくるんだぞ。

　メイベリーは、そう言うとバイクを走らせて去った。遅れて内藤のシーマが動き出した。

「こちら、朝倉。内藤さん、目的地はどこですか？」

――浦頭《うらがしら》引揚《ひきあげ》記念平和公園・資料館だ。でも、どうしたらいいんだ？　ダミーはＵＳＢメモリのはずだ。受け取ったのは、マイクロＳＤだぞ。

　内藤の悲痛な声が聞こえる。

「ゲートにハインズというＮＣＩＳの責任者がいます。その男にマイクロＳＤを渡し、封筒だけ持って行ってください」

――手ぶらで行けと言うのか！

　内藤が叫ぶように言い返して来た。

「マイクロＳＤを渡さなければ、あなたは逮捕されます。基地から出られないんですよ。渡すんです！」

――しかし……。

「いいですか！　米国にとって極秘情報さえ守れれば、あなたの家族はどうでもいいんですよ。我々を信じてください」

――……分かった。

内藤のシーマが動き出す。国松も車を出した。

「こちら、シエラ。ホテル、どうぞ」

――こちら、ホテル。マイクロＳＤのことは無線で聞いた。

「ターゲットから、マイクロＳＤだけ受け取ってくれ。あとは俺たちに任せろ」

――了解。

基地の外でＮＣＩＳは、捜査権を持たない。そのため、特捜局に任されている。とはいえ、彼らにとって極秘情報を守り、漏洩者を逮捕すれば、それでいいのだろう。

「こちら、朝倉。Ａチーム、Ｂチーム、Ｃチーム、スタートするぞ」

Ａチームのリーダーは佐野で大竹と組んでおり、ＳＳＫバイパス側でアクアに乗って待機している。真下が部下と覆面パトカーで一緒に行動していた。

Ｂチームと Ｃチームは佐世保地方隊所属の警務隊で、武藤《むとう》一等海尉が指揮している。Ｂチームは佐世保日野松浦線で、Ｃチームは国際通りで待機させた。内藤が米軍基地からどの方向に向かってもすぐに尾行できるように配置したのだ。

――Ａチーム、佐野。了解。

――Ｂチーム、安藤《あんどう》です。了解しました。

――Ｃチーム、斉藤《さいとう》です。了解です。

それぞれのチームリーダーから返事が返ってきた。

「目的地は、浦頭引揚記念平和公園・資料館だ。Ｃチームは先行し、現地で待機。俺はターゲットを尾行し、資料館に向かう。その他のチームは、黒のＺ１０００がゲートから現れたら尾行するんだ」

朝倉は各チームに指示を出した。Ｚ１０００の尾行も命じたのは、メイベリーの態度がどこか腑《ふ》に落ちないからである。データをコピーした媒体がマイクロＳＤに変わったのなら、事前に内藤に知らせるべきだろう。まるで騙すかのような態度が気になるのだ。

――Ａチームです。黒のＺ１０００ですか！　たった今、目の前を通り過ぎました。追跡します。

佐野が慌てて連絡してきた。メイベリーはゲートを出て左折し、ＳＳＫバイパスに出たようだ。

「任せる。Ｂチーム、俺に続け」

朝倉はすかさず指示を出した。

6

午後五時二十二分。

朝倉を乗せたマークXは、内藤のシーマを追って国道２０２号線を走っている。

内藤は浦頭引揚記念平和公園・資料館と書かれたカードをメイベリーから渡された。そこで、馬振東は待っているはずだ。

終戦間もない一九四五年九月、佐世保は外地からの引揚港に指定された。そのため、命からがら海外から引き揚げて来た人々が母国の地を踏みしめたのが、佐世保港の南東に位置する浦頭だった。一九五〇年四月までに約百四十万人がこの地に上陸したという。そこで、一九八六年、浦頭に引揚記念平和公園を整備し、その敷地内に引揚者に関わる資料を展示する資料館が建てられた。

八月現在、新型コロナの流行で資料館は閉鎖されており、公園も人気《ひとけ》はないだろう。人目につかない場所としては打って付けかもしれない。

――こちらAチーム。副局長、応答願います。

佐野からの無線連絡だ。

「朝倉だ」

――すみません。Ｚ１０００を見失いました。

佐野の声が沈んでいる。

「了解。Ｕターンして、我々と合流してくれ」

――了解しました。

バイクを車で追跡する難しさは知っている。Ｚ１０００ならスピードも出るし、細い路地に入られたら車では追えないだろう。メイベリーがバイクを使うというのは、予測していなかった。

朝倉はポケットから影山から貰ったスマートフォンを出した。

「俺だ」

朝倉はこれまで逐次捜査情報を影山に流していた。

――今、忙しい。Ｚ１０００を追っている。

影山の落ち着いた声が聞こえる。

「何！」

朝倉は右眉を吊り上げた。

――無線は聞いていた。連絡はこちらからする。

影山からの無線は切れた。彼は朝倉の無線を傍受《ぼうじゅ》していたらしい。藤堂からトップクラスの諜報員だと聞いていたが、常人では考えられない技術を持っているようだ。

「シーマが右折しました」

三十メートル先を走っていたシーマに従って国松がハンドルを右に切った。

数百メートル先に、Cチームの覆面パトカーが路肩に停まっている。シーマは覆面パトカーの脇を抜け、次のT字路を左折した。百六十メートルほど坂道を上れば、平和公園の資料館の前に出られる。

「Cチーム、応答せよ」

腕時計を見た朝倉は、無線で連絡した。午後五時二十七分になっている。

――こちらCチーム。どうぞ。

「そのまま待機。連絡したら導入路を封鎖してくれ」

馬振東はすでに来ていると思うが、封鎖するのは確認してからだ。

――了解しました。

朝倉は移動中に平和公園の地理を調べた。出入りできるのは導入路だけなのだ。

「下の駐車場に入れます」

国松は途中の駐車場に車を入れた。資料館は丘の上にあり、駐車場からは見えない。Bチームの覆面パトカーが、隣りに停められた。

朝倉は車を降りると、ハンドシグナルでBチームに待機を命じた。

朝倉は国松と中村の三人で、駐車場の階段を気配を消して上る。

――まだいないぞ。どういうことだ。

隠しマイクが拾った内藤の声が、イヤホンから聞こえてきた。

朝倉らは、階段を上った公園入口の植え込みの陰に隠れる。

国松が自分の腕時計を指さした。午後五時三十分を四分経過している。

内藤に電話が掛かったらしく、スマートフォンを出した。

――五時三十分を過ぎたぞ。どうなっている！

内藤が声を荒らげた。

――おまえが使えるかどうか試した。

馬振東の声だ。

――どういうことだ。データはいらないのか？

――今回は別ルートで貰うことにした。だが、褒美として二人の息子は返してやる。

――本当か！　どこにいる？

――おまえの家のロフトに縛ってある。早く行ってやれ。

馬振東の笑い声が聞こえた。

――もしもし、もしもし！　くそっ！

通話が切れたようだ。

「こちら、朝倉。全チームは内藤二佐の家に急行せよ」

警務隊のチームに命じると、朝倉は内藤に駆け寄った。

「待ってください。二佐」

朝倉はシーマに乗ろうとしている内藤の肩を掴んだ。

「どけ！　家に帰るんだ」

興奮した内藤は、朝倉の腕を振り払った。

「この状態で運転するのは危険です。それに警務隊を自宅に急行させました。落ち着いてください」

朝倉は手招きして国松をシーマの運転席に、中村を後部座席に座らせた。

「頼むから、行かせてくれ！」

内藤は朝倉の胸ぐらを摑んだ。

「あなたは、利用されたんだ。分かりませんか？　我々捜査陣を惹きつける囮だったんですよ。データはメイベリー少佐が持っていったんです。だが、情報漏洩の片棒を担がされたことに変わりはありません。自宅まで送らせます」

朝倉は内藤の手を優しく離すと、後部ドアを開けた。この男をこれ以上、自由にさせるつもりはないのだ。

「……そうなのか」

内藤は肩を落として後部座席に乗り込んだ。

「先に行ってくれ。俺もすぐに行く」

朝倉は右手を前に出し、国松に言った。

十分後、朝倉が運転するマークXと、内藤を乗せた国松のシーマが彼の自宅に到着した。

周囲を警務隊の隊員が取り囲み、救急車も近くに停められている。朝倉が出動を要請したのだ。佐野らAチームはまだ到着していない。

「副局長」

武藤一等海尉が駆け寄って敬礼した。彼らを内藤家に急行させたものの家宅捜索の令状もないため、踏み込ませるわけにはいかなかった。武藤のチームを配置したのは、馬振東の仲間がまだ家の中にいる可能性も否定できないからだ。

「ご苦労。そのまま待機」

朝倉は敬礼を返すと、シーマに向かって手招きした。

中村が車を降りてシーマの後部ドアを開け、内藤を車から出した。

「内藤二佐、まだ犯人がいる可能性がありますので、我々の後から入ってください。玄関の鍵を預かります」

朝倉は内藤から鍵を受け取ると国松と中村を伴い、家の玄関のドアを開けた。朝倉らは家に入ると、靴を脱いだ。

「二階の一番奥に、ロフトの折り畳み階段がある」

内藤が玄関先で囁《ささや》くように言った。

「念のため、ここでお待ちください」

朝倉は人差し指を唇に当てて振り返った。

国松と中村が銃を抜いて前を進み、階段を上がる。二人は二階廊下奥の天井から折り畳み階段を下ろした。

「各部屋を確認してくれ」

朝倉は命じると、銃を構えながら折り畳み階段を上る。

天窓がついた八畳ほどの部屋に粘着テープで縛り上げられた二人の少年が、ぐったりとしている。近くに空のペットボトルが置かれていた。水だけ与えて放置されていたに違いない。

二人とも脈はあるが、意識がない。重度の脱水症状を起こしているに違いない。

「武藤、朝倉だ。救命士と担架を家に入れろ」

朝倉は無線で連絡すると、ベルトのシースからタクティカルナイフを抜いて二人の手足の粘着テープを切り裂いた。

「内藤さん！　ロフトに来てください！」

大声で叫んだ。

「健太《けんた》、雄大《たかひろ》！」

内藤が折り畳み階段を駆け上がってきた。

「二佐、二人を下ろしましょう」

朝倉は小柄な小学生の子を内藤に任せると、中学生の子を抱き抱えて階段を下りた。

フェーズ８：中央統一戦線工作部

１

　午後六時四十分、影山はヤマハＹＺＦ－Ｒ７に乗り、西九州自動車道を走っている。五十メートル前方を走るカワサキのＺ１０００を追っていた。

　朝倉はメイベリーが怪しいと睨んでいたらしい。だが、特捜局が泳がせていた内藤という自衛官は囮で、馬振束に一杯食らったようだ。

　影山はバイクをＳＳＫバイパスに停め、特捜局とＮＣＩＳの無線を傍受していた。そこで、朝倉が部下に内藤の尾行と、メイベリーが乗った黒のＺ１０００の尾行を命じるのを聞いたのだ。特捜局は車で尾行していたので、迷うことなくＺ１０００を追跡した。案の定、彼らは赤信号を無視したメイベリーにまかれている。

　メイベリーは国道４９８号から西九州自動車道を走り、福岡県に入った。この時間、福岡方面の車は多いため、影山はトラックや乗用車の陰に隠れながら追跡している。メイベリーはバックミラーを気にする様子もない。

　影山は聯合参謀部の梁羽から、中央統戦部の謀略を「手段を選ばずに阻止せよ」と依頼されている。メイベリーを追跡すれば、馬振東らを見つけて彼らを抹殺することができるだろう。また、気は進まないが、米軍の機密情報を守ることも任務に入っていた。原潜の極秘情報を中国が奪えば、米中戦争に進まざるを得なくなる。それを梁羽は避けたいのだ。

　Ｚ１０００は、〝榎田《えのきだ》・国際線〟出口から福岡南バイパスに出た。

「うん？」

　影山は首を捻った。Ｚ１０００は当然福岡空港に向かうものだと思っていたが、榎田二丁目南交差点を空港と反対方向である右に曲がったのだ。

　メイベリーは、そのまま七百メートルほど南に進んで御笠川《みかさがわ》を渡った。通行量が減ったので、影山は車間距離を空け、ライトも消した。

　スピードを落としたＺ１０００のテールランプが左に消えた。左折したのだ。影山は速度を落とし、まっすぐ進む。鳥居の近くでＺ１０００を停めたメイベリーを確認すると、数十メートル先でＵターンした。エンジンを停め、惰性で進むと歩道にバイクを停めた。

　メイベリーがバイクを停めたのは、日吉《ひよし》神社の鳥居の前だ。比恵山王宮《ひえさんのうぐう》とも呼ばれ、博多区山王公園内に鎮座する観光名所である。この時間、参拝客はいない。バイクを降りた影山は、神社前の大木の陰まで忍び寄った。

メイベリーはヘルメットを小脇に抱えると、辺りを窺いながら一の鳥居を潜った。数十メートル先に二の鳥居があり、その先に拝殿がある。

影山は参道の右側にある駐車場から回り込み、拝殿の手前にある手水舎《てみずや》の背後に先回りした。神社の周囲は山王公園の雑木林が作り出す闇に埋もれている。ポケットからサプレッサーを装着したＳＩＧ　Ｐ２２４を抜くと、息を殺してメイベリーを見つめた。

二の鳥居の先の石段を上ったメイベリーは注連柱《しめばしら》も抜け、手水舎の前も通り過ぎた。時刻は午後六時五十六分になっている。

「馬振東。俺だ。メイベリーだ。どこにいる？　約束通りにやって来たぞ」

メイベリーは、小声で言った。

「尾行はされなかったか？」

拝殿の左奥から東洋系の男が現れた。

「心配ない。おまえが、馬振東か？」

メイベリーは男の前に進んだ。

「私は林波だ。馬振東はここにはいない。頼んだ物は、持ってきたか？」

林波は表情もなく言うと、右手を前に出した。

「ただで渡せるか。私の家族はどうなっている？　安全を確認させろ」

メイベリーは人差し指で林波の胸を突いた。この男の家族も人質に取られているようだ。

「おまえのデータが本物か確認したら、娘の一人を返してやる」

林波は鼻先で笑った。

「貴様、これは本物だ。正真正銘の原潜のデータだ。家族を全員返せ！」

メイベリーは林波の右手を摑んだ。

「娘の一人を生きたまま返してやると言っているのだ。それで納得しろ。おまえが後一回、有益な情報を寄越せば、家族はすべて返してやる。欲張るんじゃない」

林波はメイベリーを突き飛ばした。

「せめて、妻の無事を確認させてくれ。確認するまで、データは渡さないぞ」

メイベリーは両手を交差させ、激しく頭を振った。

「世話の焼ける米国人だ」

林波は自分のスマートフォンを出し、電話をかけた。

「早くしろ！」

声を荒らげたメイベリーは、右手を伸ばした。

「メイベリーの女房を出してくれ」

林波はメイベリーの手を払い、スマートフォンの画面を見せた。

「クレア！　私だ。無事か？」

メイベリーは涙を流しながら尋ねた。スマートフォンに彼の妻が映っているらしい。

「これで、分かったか。さっさと寄越せ」

林波はメイベリーの胸ぐらを掴んだ。

「分かった」

メイベリーはジャケットの内ポケットから封筒を出し、林波はそれをむしり取った。

「ここまでだな」

呟いた影山は立ち上がると、林波の右肩を撃ち抜いた。林波と馬振東は釜山で銃を調達している。彼に銃を出す余裕を与えるつもりはない。

「げっ！」

林波は封筒を落とし、石畳に転がった。

「なっ！」

メイベリーが尻餅《しりもち》を突いた。

「動くな」

手水舎の陰から出た影山はメイベリーに銃を向けながら近付き、林波が落とした封筒を拾った。

「だっ、誰だ？」

メイベリーは震えながら尋ねた。

「馬振東から連絡があったら、林波に無事に渡したと言うんだ。基地に戻れ」

影山は銃を横に振った。理由はどうあれ裏切り者に興味はないのだ。

メイベリーは黙って頷くと、ぎこちない足取りで立ち去る。

「聞きたいことがある。おまえの車まで案内しろ」

影山は中国語で言うと、林波の腹を蹴《け》った。

「なっ、何者だ！」

林波は肩の傷を押さえて睨みつけた。

「おまえに質問は許されない」

影山は林波の襟を摑んで立たせた。

「くっ！」

林波が胸を押さえ、口から泡を吹いて倒れた。毒物を飲み込んだらしい。すえたアーモンド臭がする。青酸カリのカプセルを持っていたようだ。

「ちっ」

舌打ちした影山は、林波のジャケットを探って車の鍵を出した。

影山は林波を肩に担ぐと、北側の駐車場に向かう。神社の参道を挟んで南北に駐車場はあるが、手水舎に行く際に抜けた南側の駐車場に車は停められていなかったからだ。

車が二台停めてある。一台は神社の関係者の車だろう。車のキーのボタンを押した。手前に置いてある白の乗用車がハザードランプを点滅させた。

影山はトランクを開けて林波を投げ込むと、バックドアを閉めた。

2

午後八時五十五分、佐世保米軍基地、ＮＣＩＳ支局。

メイベリーが、尋問室中央にある金属製の机に手錠で繋がれて座っている。

十分ほど前、基地に戻ってきたところをＮＣＩＳの捜査官がゲートで拘束し、連れてきたのだ。

尋問室のドアからブレグマンが咳払いをしながら入り、メイベリーの対面に座った。

「私に手錠を掛けるのは、不当だ。いったい何の嫌疑があるというのだ？」

メイベリーは首を傾げた。

「少佐。あなたには、国家機密漏洩罪の容疑があります。これからいくつか質問をしますので、正直にお答えください」

ブレグマンは手元のフォルダーからファイルを出して言った。

朝倉は観察室のミラーガラス越しに、尋問室のメイベリーを見つめていた。

救出した内藤の二人の息子は、極度の脱水症状で危険な状態だったが、命は取り留めている。内藤は逃亡の恐れはないとし、息子が搬送された病院で付き添うことを許可した。朝倉は特捜局と県警の鑑識課に内藤の家を調べるように命じている。

一時間半前に影山からメイベリーと林波が接触した現場を襲撃したと連絡を受けている。その際、林波は自殺したらしい。また、メイベリーが林波に渡したマイクロＳＤを回収したと聞いている。現物は後ほど受け取ることになっていた。メイベリーの家族も人質に取られていると報告されたので、ＮＣＩＳに情報を持ち込むためにやってきたのだ。

「それで、メイベリーの家族はどうなっている？」

朝倉はメイベリーの様子を窺いながら尋ねた。メイベリーは憔悴《しょうすい》しきった様子である。仲介役だった林波が、影山によって捕まったからだろう。それに影山の正体が分からないため、自分の立場がどうなるか分からずに焦っているはずだ。

「現地のＮＣＩＳの捜査官に調べさせたが、少佐の別荘には誰もいなかった」

ハインズは渋い表情で首を横に振った。彼はメイベリーと接触した内藤からマイクロＳＤを受け取るためにゲートボックスで待機していた。だが、メイベリーがゲートを抜けた際に対応していなかったのだ。後悔しているが、後の祭りである。

「この捜査を始めるにあたって、家族の所在は確かめたはずだ。どうなっている？」

朝倉はハインズを横目で見た。

「面目ない。担当の捜査官に改めて尋ねたら、フロリダの別荘に電話で確認したというのだ。本人に会ったわけでもない。おそらくメイベリー夫人に扮した人物に騙されたのだろう。また、技術者のコラレックの妻だが、夏休みで奥さんの実家に行っていると報告を受けていたが、やはり行方不明だった」

腕組みをしたハインズは眉間《みけん》に皺を寄せた。

「今後、メイベリーをどう扱うつもりだ？」

朝倉は椅子を引き寄せて座った。

「まずは、中国の工作員に極秘情報を渡したかどうかを確認する必要がある。我々にできることは、自供させて軍法会議に送る。正規の手順に従う他ないだろう」

ハインズも椅子に腰をかけ、足を組んだ。

「メイベリーとコラレックの家族は、どうするんだ？　彼らが逮捕されたと知れば、馬振東は家族を殺すぞ。それに内藤の妻も一緒に拘束されている可能性もある」

朝倉は早口で捲し立てた。

「当面は、彼らを留置せずに二十四時間体制で監視下に置くつもりだ。だが、家族の捜索は、米国内ならＦＢＩ、海外ならＣＩＡが担当する。我々はもはや用済みなんだ」

ハインズは溜息を吐いた。

「まあ、そうだろうな。我々も内藤の妻の所在が分かるまで彼を監視下に置き、拘束しないつもりだ。国内に彼女がいるのなら、我々の手で必ず奪回する」

朝倉は右拳を握った。だが、海外に連れ去られていたらお手上げだ。

ポケットのスマートフォンが鳴った。

「うん？」

自分のスマートフォンを手に取ったが、反応していない。

「こっちか」

別のポケットから影山から貰ったスマートフォンを出し、電話に出た。

――打ち合わせができるか？

影山である。いつものように愛想なしだ。

「時間と場所は？」

朝倉も淡白に尋ねた。

――長崎福建通り沿いの湊公園脇の西側にある有料駐車場に車を停めてくれ。二十二時三十分だ。

福建通りと言えば、長崎新地中華街である。

「一時間半後か。分かった」

この時間なら飛ばせばなんとかなるはずだ。すぐに出たほうがいいだろう。

——遅れるな。

通話は一方的に切れた。

「まったく」

朝倉は苦笑した。メイベリーから取り上げたマイクロＳＤを渡したいのだろう。打ち合わせの目的を聞かなかったのは、必要がないと思ったからだ。もっとも、マイクロＳＤはＮＣＩＳにどう説明するかが問題だ。それに、林波の死体をどう処理するかだ。とりあえず、死体を確認してから県警に連絡するつもりである。

「急用ができた。また、新たな情報が分かったら知らせる」

朝倉は立ち上がると、観察室を出た。ハインズが何か言いたそうだったが、気にしないことにした。

ＮＣＩＳ支局の前の駐車場に停めてあるマークＸに乗り込んだ朝倉は、正面ゲートに向かう。

「どうぞ」

朝倉の顔を見たゲートの警備員が、右手を振って通した。ＮＣＩＳが交付した正式な入場許可証を見せようとしたが、顔パスになったらしい。

「ご苦労さん」

頷いた朝倉はゲートを通過した。

３

午後十時二十一分。

朝倉は、長崎新地の福建通り沿いにある湊公園脇の駐車場にマークXを入れた。

エンジンを停めて周囲を窺う。車は五台ほど停めてあるが、人の気配は全くない。まだ時間が早いので、影山は来ていないのだろう。

助手席のドアが突然開き、男が乗り込んできた。特殊メイクをした影山である。

「早かったな」

影山は正面を向いたまま言うと、封筒を渡してきた。

「道が空いていたんだ。例の物か？」

朝倉は封筒からマイクロＳＤを出して尋ねた。影山の行動にはいつも驚かされるが、免疫ができてきたようだ。

「中にデータが書き込んであることだけ確認してある。適当に米軍に返してくれ」

影山は抑揚もなく答えると、車を降りた。

朝倉も車を降りると、影山に従って駐車場の奥に停めてある白いセダンの後部に立った。

影山は、トランクを開けた。

「むっ」

朝倉は右眉をピクリと動かした。トランクには男の死体が乗せられているのだ。

「こいつが、林波だ。極秘で死体を始末してくれ。そっちでできなければ、顔を潰して海に捨てるだけだ」

影山は表情も変えずに言う。

「県警の外事課に処理させよう。スパイということなら、極秘で扱えるはずだ」

朝倉は小さく頷いた。中国のスパイの死体を公にすると面倒なことになる。強い態度で対処すればいいのだが、今の日本政府では中国に文句を言われたら後退《あとじさ》りするだろう。気は進まないが、外事課ならその点大丈夫だ。身元不明として、火葬する他ない。

「これから、中国のセーフハウスに行く」

影山はトランクを閉めた。

「セーフハウス？　避難所ということか？」

朝倉は首を捻った。

「中国語で〝安全的家〟という中国の諜報員を後方支援する拠点だ。君のパスポートをそこで作ってもらうつもりだ」

影山はこともなげに答える。

「俺のパスポート？　偽造パスポートのことか？　冗談だろう。俺は官憲だぞ」

朝倉は肩を竦めた。

「林波がこんな物を持っていた」

影山は手品のように掌から航空券を出した。

「シンガポール行き？」

朝倉は頭を掻いた。日付は明日の十時五十五分発、シンガポール航空のシンガポール・チャンギ国際空港行き航空券なのだ。

「この車のダッシュボードから見つけた。それにスーツケースの中にシンガポール国籍のパスポートも入っていた。シンガポールには短期滞在者の入国は許可されていない。同国人か、長期ビザがないと入国もできないのだ。そこで、この三日間の福岡空港からシンガポール行きの乗客を調べた。二日前に君にそっくりな馬振東が、女性同伴で出国している。パスポートは二人ともシンガポール国籍だった。入国は漁船で密入国し、偽名だが福岡空港から堂々と出国したのだ」

影山は口角を僅かに上げた。福岡空港の監視映像を解析したようだ。

「その女性が、内藤の妻の良子さんということか。短時間でよく調べ上げたな」

朝倉は両眼を見開いた。影山の諜報員としての腕に驚きを通り越して鳥肌が立ったのだ。

「新型コロナの流行で空港の検疫はどこの国も厳しい。中国人が紛れるのに都合がいい国は、マレーシア、シンガポールあたりと見当をつけたのだ。それに、福岡空港からシンガポールへの直行便は一日一便しかない。もっとも、私には、ＣＩＡやＮＳＡを敵に回すこともできるほどのハッカーが数人付いている。造作もないことだ」

影山はふんと鼻息を漏らした。

「なるほど、中国本国では怪しまれるから、第三国で人質を拘束している可能性が高いということか。俺がシンガポールで捜査するべきだということは分かった。だが、どうして偽造パスポートがいるんだ？」

腕を組んだ朝倉は、首を捻った。人質を中国本土に連れ去ったことが露見した場合、言い逃れができないこともあるのだろう。

「自分が日本の官憲ということを忘れたのか？　海外での捜査が許されると思うか？　紅軍工作部相手に他国でまともな捜査ができるとは思えないだろう。それに正規のパスポートで出国すれば、敵に知られるぞ。他にも理由が聞きたいか？」

影山はゆっくりと人差し指を横に振った。

「むっ」

朝倉は影山を睨みつけた。悔しいが彼の言う通りである。紅軍工作部は自衛隊と米軍を手玉に取り、原潜の情報を盗み出そうとした。それほど情報戦に長《た》けているということだ。朝倉が正規のパスポートで出国すれば簡単に嗅《か》ぎつけられるだろう。シンガポールに入国した途端、捜査の妨害どころか暗殺されかねない。

「メイベリーとコラレックの家族も米国からシンガポール国籍のパスポートで出国している。紅軍工作部の別の諜報員に連れて行かれたようだ。場所は分かっていないが、おそらく同じ場所に監禁されているだろう。彼らの状況を考えれば、家族が殺されるのも時間の問題だ」

影山は小さな溜息を吐いた。ＮＣＩＳでさえ摑んでいない情報を彼はすでに得ているらしい。

「俺と君が、シンガポールに行くということだな」

朝倉は顎の無精髭を触りながら頷いた。簡単に答えたが、実行すれば退職覚悟になる。

「私としては予定外の行動だが、人質救出までが任務となった。今のところ、解放されていないのは、内藤の妻、メイベリーの妻と十六歳と十二歳の娘、コラレックの妻の五人だ。救出には人手がいる」

全員女性である。暴力でいいなりにさせるのに都合がいいからだろう。

「二人だけで大丈夫か？」

「現地でも使えるものは使う。人手は足りるはずだ。だが、信頼できる人間は、君以外にいない」

影山は氷のように冷たい視線を向けてきた。

「いいだろう。それで、俺を何と言って〝安全的家〟に入れるつもりだ？」

朝倉は自分を指さした。

「難しい話じゃない。君が馬振東と名乗ればいいんだ」

影山は口の右端を上げた。

「ばっ、馬鹿な」

朝倉は眉間に皺を寄せた。

「私は聯合参謀部・第二部情報収集分析局の紅龍という身分を手に入れており、すでにこの〝安全的家〟に厄介になっている。馬振東は、情報収集分析局と紅軍工作部との二重スパイということにすればいいんだ。人民軍は大きな組織で、派閥もある。別の情報機関との二重スパイがいるのは不思議なことじゃない。〝安全的家〟の主人には、その旨伝えてある」

影山はいきなり流暢な中国語で話し始めた。

「恐れ入ったな。諜報の世界は、油断も隙もないな。俺がスパイである馬振東と名乗るのか。洒落にならないだろう」

朝倉も中国語で返した。朝倉の中国語の会話力を試したのだろう。中国語とロシア語は特戦群で特訓を受けている。また、中国語に関しては、警視庁時代中国マフィアに対抗するために磨きをかけたので、それなりに自信があった。

「問題なさそうだが、あまりしゃべるな」

影山は不服そうな顔で歩き出す。

「俺の中国語に、問題あるのか？」

朝倉は肩を竦め、道を渡った。

4

午後十時三十五分、長崎新地中華街。

朝倉は、影山に連れられて〝桃源菜店〟という店を訪れた。驚いたことに黄高遠の〝出島楼〟のすぐ近くである。

二階建ての建物の一階に店舗があり、二階は住居らしい。出入口に龍柱があるいかにも中華街らしい店構えで、営業は午後九時までとなっている。だが、朝倉も影山も食事をしていないというと、店の主人である王静からコース料理を出すと言われてテーブル席に付いた。

中年のウェイターが前菜のピータンの皿を二人の前に出した。彼には、席に座る前に偽造パスポート用の顔写真を撮られている。パスポートは食事をしている間に作成できるらしい。

アルバイトの女性も働いているらしいが、閉店後は〝安全的家〟として機能するので女主人とウェイター、それに厨房のコックの三人だけで働いているそうだ。彼らはスリーパーセル（浸透工作員）らしい。影山は何食わぬ顔をしているが、身近に中国のスパイがいるという事実に、朝倉は強烈な違和感を覚える。

「それにしても、紅龍少校が馬上尉を知っていたとは、驚きですね」

王静が三つのストレートグラスに老酒《ラオチュウ》を注ぎながら早口の中国語で言った。彼女は朝倉の顔を見て、馬振東と信じ切っている。また、影山は馬振東と林波の情報を欲しがっていたので、彼女は当然のごとく敵対していると思っているようだ。

「言葉を慎め、王静。馬振東は、林波の不正を暴くために働いていたのだ。我々は、国家の意に従って動いている。個人的な感情で行動することはない。それだけのことだ」

影山は落ち着いた口調で、咎めた。彼の訛《なま》りのない中国語は完璧である。

「失礼しました」

王静ははっとした表情で頭を下げた。

「怒ったのではない。ただ、余計な詮索《せんさく》はお互いのためにならないと言いたかっただけだ。グラスを持って来たのなら、一緒に酒を酌み交わそう。音頭を取ってくれ」

影山はピータンを口にすると、老酒を入れたグラスを手にした。

朝倉もグラスを取った。

「ありがとうございます。それでは、干杯！」

王静はグラスを掲げた。体にフィットしたチャイナドレスが、妙に艶《なま》めかしい。

「干杯！」

朝倉と影山はグラスの老酒を一気に飲み干した。「干杯」は中国では文字通り、酒を飲み干すという意味なのだ。

ウェイターが、ピータンの皿を下げてツバメの巣のスープをテーブルに載せた。

朝倉はさっそくスプーンを手にした。腹が減っているので手っ取り早くがっつりと食べたいところだが、コース料理なので出される順に食べる他ない。

「表稼業も素晴らしい仕事をしている」

影山はスープを飲み、舌鼓を打った。

スープの後の主菜に、油淋鶏《ユーリンチー》、牛肉のオイスターソース炒め、白身魚の甘酢あんかけ、それに青梗菜《チンゲンサイ》のオイスターソース炒めと四品が中皿で出た。主食は五目チャーハン、デザートは杏仁《アンニン》豆腐でコースは締めくくられた。

影山は食が細く、チャーハンを断ったので朝倉が遠慮なく二人分を平らげている。

「美味かった」

杏仁豆腐の器を空けた朝倉は、満足げに言った。

「また顔を出したら、喜ばれるぞ」

杏仁豆腐を残した影山が、首を横に振っている。朝倉の食べっぷりに驚いているようだ。

皮肉かもしれない。

「冗談だろう」

朝倉は、サービスで出されたコーヒーを啜った。

「お食事はいかがでしたか？」

王静はウェイターと現れた。彼女は老酒を一杯だけ付き合って、下がっていた。ウェイターは給仕をしていたので、おそらく彼女が偽造パスポートを作成していたのだろう。

「美味かったよ。私は食べ切れなかった。年には勝てないよ」

影山は笑ってみせた。彼は六十代の諜報員に化けている。言動に違和感がない。

「光栄です。馬上尉、お待たせしました」

ウェイターが食器を片付けると、王静は朝倉の前に赤いシンガポールのパスポートとワクチン接種証明書とPCR検査の陰性証明書を置いた。入国制限をしているシンガポールでは、これらの書類がなければ、同国人であっても入国はできない。

「確認させてくれ」

朝倉は、さっそくパスポートを開いた。

ジョナサン・リー、四十一歳、クイーンズタウンに住んでいることになっている。クイーンズタウンはシンガポールでは最も古い居住区だ。

証明写真は綺麗に映っているが、我ながら人相が悪い。いつものことだが、入国審査官に受けが悪いこと間違いなしだ。出入国スタンプまで押されている。PCR検査の陰性証明書は今日の日付になっており、至れり尽くせりだ。

「完璧だ」

朝倉は笑みを浮かべた。

「それと予備の脱出用のパスポートです」

王静は別のパスポートを渡してきた。

「ありがとう」

朝倉は中国籍のパスポートも確認すると、ジャケットの内ポケットに入れた。これで公文書偽造に手を貸したことになる。目的のためとはいえ、法律を犯してしまった。

「世話になった」

影山は店を出る際、王静に封筒を渡した。彼女は封筒の厚さを確認すると、にこりと笑った。現金が入っていることは間違いないだろう。

「またのご来店を」

王静は店先で二人を見送った。

「さっきの封筒は、金か？」

朝倉は店から百メートルほど離れると、小声で尋ねた。

「階級によって、受けられるサービスは変わる。私は少校だから、基本的になんでも無料で受けられる。馬振東は、上尉だ。自ずと、サービス品目が少なくなるのだ。上尉の場合は、偽造パスポートは一冊までで、それ以上は手数料を請求される。とりあえず、料理代と合わせて現金で百万円払っておいた」

影山は何食わぬ顔で答えた。上尉は諸外国の軍では大尉で、少校は少佐であり軍の幹部である。待遇に差が出るのは、当然だろう。

「立て替えてくれたのか。すまない。あとで支払う」

「手数料は十万で、あとは口止め料だ。金を払っておけば、我々の訪問を上層部に報告しない。だが、君が払えば、偽造パスポートを発注したことになる。それは止めた方がいい。そのために私が払ったのだ」

影山は朝倉をちらりと見て言った。朝倉が官憲であることを気にしているようだ。

「しかし、どのみち偽造パスポートで出国すれば、公文書偽造と偽造公文書行使の罪に問われる。同じことだろう？」

朝倉は溜息を吐きながら尋ねた。やはり、人質を救出しても、帰国後に逮捕される可能性はあるだろう。出発前に辞表を提出した方がいいかもしれない。

「これだから素人は困る。正規の出国の軌跡は、ハッキングでいくらでも作れる。帰国後に逮捕されるような間抜けなことにならないようにするのだ。それに君の場合、帰国する際は日本大使館に駆け込み、パスポートを紛失したと言えばいいのだ。どのみち救出した女性はそうするしかない。だから、君を連れて行くのだ」

影山は首を横に振った。女性を救出した後、偽造パスポートで帰国するのはリスクが大きい。それよりも大使館に逃げ込んで事実を言えばいい。だが、フリーの諜報員である影山には、それはできないのだろう。朝倉の役目は、人質の捜査よりも奪回した後が重要になるようだ。

「納得したよ」

朝倉は苦笑を浮かべて頷いた。

フェーズ9：シンガポール

1

八月二十六日、午後四時五十分。シンガポール・チャンギ国際空港。

朝倉は影山と同じ福岡空港午前十時五十五分発のシンガポール航空の便に乗った。激しい雨で視界も悪い中の着陸だったが、ほぼ定刻通りの午後四時三十八分に到着している。

「ワクチン接種証明書にPCR検査の陰性証明書もありますね」

マスクにフェイスマスクも付けた入国審査官は、パスポートと書類を穴の空くほどじっくりと見て言った。ジョナサン・リー名義の偽造パスポートであるが、何のトラブルもなく日本を出国している。入国審査官はパスポートも見るが、審査を受けている人物の表情をよく見るものだ。長年、捜査畑で感情を押し殺す訓練は受けているので、動揺することはない。

「不便な世の中だよね」

朝倉は英語で答え、愛想良く笑みを浮かべた。メイベリーとコラレックの家族もシンガポール人として入国させられた。シンガポールは親中国家で、中央統戦部や紅軍工作部の工作員も多数いるらしい。

「それでは、PCR検査を受けてください」

入国審査官は、パスポートと書類を無造作に返してきた。愛想がないのは、新型コロナ検疫の最前線に立たされて疲れ切っているのだろう。

パスポートと書類をジャケットの内ポケットに入れると、流れに沿ってPCR検査を受ける。

折り畳み椅子が、間隔を空けて置かれており、パーテーションで区切られた検査ブースがいくつもある。すでに検査を終えた降客が、椅子に座って検査結果を待っていた。ブースの前に検査結果は一時間半後と表示されている。最低でも一時間半拘束されるということだ。

朝倉はマスクを掛け、一番空いている検査ブースに並んだ。シンガポール人として入国しているので、検査結果が陰性なら公共交通機関は使えないが自宅待機となる。だが、この国に自宅はないので、影山の指示に従って行動するのだ。

昨夜、長崎新地から佐世保米軍基地に戻り、ハインズに取り戻したマイクロSDを返し、極秘の打ち合わせをした。彼には人質はシンガポールに連れて行かれた可能性が高いと教えた。そこで、朝倉は日本の諜報員と組んでシンガポールに捜査に行くという理由で協力を要請している。影山の身分は教えられないので、正規の諜報員ということにした。さすがに偽造パスポートで出国することは、言っていない。

　中国の諜報機関に動きを察知されないように、朝倉が米軍輸送機で米国に渡って捜査に加わったよう偽装するようにハインズに頼んだのだ。

　人質がシンガポールにいると分かれば、ＮＣＩＳも捜査に加わることができる。だが、現状では確認できないため参加は無理だとハインズは文句を言った。ＮＣＩＳは、メイベリーとコラレックを監視下に置くことでなんとか捜査に踏みとどまっている。だが、それ以上の行動は許されていないのだ。捜査の本流から外れたことに不満を持っているらしい。最終的にはハインズは、イエスと言った。もっともマイクロＳＤを取り戻した恩があるので、拒否できるはずはない。嘉手納《かでな》米軍基地から米本土に向かう米軍輸送機のリストに朝倉の名前を載せておくと約束した。また、日本の捜査機関からの問い合わせには、ハインズが直接対処することになっている。

　ハインズとの打ち合わせ後に宿泊ホテルに戻り、佐野と国松とも打ち合わせをした。基本的にはハインズと同じ内容である。影山の存在を明かせない以上、詳細を彼らに教えることはできない。それに法を破って行動するため、彼らに詳細を話せば反対されるに決まっている。逆に賛成されれば、彼らも違法出国の幇助《ほうじょ》の罪に問われるのだ。

佐野には、明日東京に戻って後藤田局長に朝倉が単独で海外に捜査に出たことを極秘で伝えるように頼んだ。数日は連絡が取れないが心配しないように言ってあるが、無理な相談であることは分かっている。

「次の方」

防護服を着た女性が手招きした。

朝倉がブースの中の椅子に座ると、長い綿棒を鼻の奥に突っ込まれる。

「結果が出るまで所定の場所で待ってください」

防護服の女性は追い立てるように手を振った。

「生真面目に検査を受けたのか？」

マスクをした影山が、腕組みをして立っていた。出発前に空港で待ち合わせていたのだが、声を掛けられた時は驚かされた。というのも、死んだ林波の顔になっていたのだ。死体から顔の型を取ったので、簡単に特殊マスクを作成できたと言われた。影山は林波の偽造パスポートを使って入出国したのだ。

「検査を受けなくていいのか？」

朝倉は鼻を押さえながら言った。乱暴に綿棒を突っ込まれたので、鼻が痛むのだ。

「ここを抜ける方法はいくらでもある」

影山は顎を振って検査ブースの奥へと進む。

出入口に二人の防護服を着た男が、ＳＡＲ２１を構えて立っている。装備からして陸軍の兵士だろう。

ＳＡＲ２１はシンガポールが開発したブルパップ式アサルトライフルで、輸出もしている。国土は日本の約五百二十五分の一に過ぎないが、シンガポールは軍備に力を入れている。人口は約五百六十三万八千名と東京都の人口の半分以下だが、有事の際は最大で約百二十五万六千人の兵士を揃えることができるそうだ。

軍事強国を目指す所以《ゆえん》は、英国、大日本帝国、そしてマレーシアから独立した歴史が背景にあるのだろう。だが、平時の人手不足は現実問題なので装備の近代化を図り、陸海空軍での無人機の運用も積極的に行っている。

影山は無言でポケットから二つ折りの財布のような物を出し、二人の兵士に見せた。

「お通りください」

兵士が敬礼して、道を空けた。

「何を見せたのだ？」

朝倉は小声で尋ねた。

「諜報員はいつでも切り札を持っているものだ」

影山は先程の財布のような物を渡してきた。

「……ＳＴＡＲ？」

朝倉は首を捻りながら影山に返した。林波の顔写真が刷り込まれた警察のバッジのようで、シンガポール警察ならＳＰＦ（Singapore Police Force）のはずだが、ＳＴＡＲと記載されているのだ。

「林波が持っていた。ＳＴＡＲは、シンガポール警察の戦術精鋭部隊で、特権を持っている。だが、極秘部隊だから、一般兵では確認の仕様がない。林波は優秀な諜報員だったらしいな」

影山はふんと鼻息を漏らした。中国の諜報機関は今やＣＩＡを上回るとも言われている。その理由が分かった気がする。

二人は、空港ビルを出てタクシーに乗った。

気温は二十五、六度、相変わらず強い雨が降っている。赤道に近いシンガポールは熱帯気候に属しており、一年を通じて気温も湿度も高い。また、六月から九月にかけては、南西モンスーン季とされ、午後に雷を伴うスコールが発生することが多い。

「スリ・マリアマン寺院。サウスブリッジ・ロード側でいい」

影山は目的地を淀みなく言った。

「チャイナタウンか」

朝倉は約六時間四十分という飛行機の移動時間に、シンガポールに関する資料を読み漁《あさ》った。捜査の基本中の基本である。通りの名前を聞けば、頭の中の地図上で位置が分かるほどだ。

「さすがだな」

影山は朝倉を横目で見て頷いた。

2

午後五時四十分。

朝倉と影山はサウスブリッジ・ロード沿いのスリ・マリアマン寺院の前でタクシーを降りた。

手荷物は二人とも最小限の着替えなどを入れたアタッシェケースだけである。影山からビジネスマンに見えるようにと言われたからだ。傘は用意していない。

正面入口は、門の上にゴプラムと呼ばれる塔が建っている。ヒンドゥー教の寺院で、上部の六重の塔は極彩色のヒンドゥー教の軍神や神話の英雄の像で飾り立てられた観光名所である。

影山は寺院脇のパゴダ・ストリートに入った。道の両脇にタープを張った雑貨や衣料の露店が並び、マスク姿の地元の買い物客で賑わっている。影山はめざとくビニール傘を購入し、渡してきた。朝倉は濡れても気にしないが、ビジネスマンに見せるには傘をさした方がいいのだろう。

シンガポールはワクチン接種率が八割を超し、感染者が激減した。そのため八月に入り、行動規制は緩和されている。

影山は百六十メートルほど歩くと、左手の路地に入った。道の両サイドにオーニングが張り出し、その下に赤い丸テーブル席が並んでいる。どちらも海鮮料理店のオープンテラスらしく、辺りは香ばしい魚介類の料理の匂いが漂っていた。晩飯には早いが、朝倉の胃袋はすでに臨戦態勢に入っている。

影山はテラス席のエリアに見向きもしないで通り過ぎた。タクシーに乗る前に武器を手に入れると言っており、食事はどうでもいいようだ。

中華街だけに〝安全的家〟があるのだろう。影山は事前に計画を話し合うということはしない。その場の雰囲気で理解を求める。諜報員は情報を共有すれば、自分の身が危うくなるからだろう。よく言えば、朝倉に阿吽《あうん》の呼吸を求めているようだ。

影山は、時折露店の商品を物色する振りをしながら尾行を確認している。露店を二、三軒通り過ぎ、ショーケースに翡翠《ひすい》の象やブッダの像を並べている土産物《みやげもの》屋に入った。

若い女性の店員が朝倉らを気にせず、椅子に座ったままスマートフォンを見ている。

「ＥＷ北京保険の者だ。オーナーに取り次いでくれ」

影山は、ショーケースの上に陳列してある鶏の陶磁器を手に取って言った。

「えっ！　どうぞ。奥の階段を使って下さい。二階の赤いドアです」

女性は慌てて立ち上がって答えた。

「ありがとう」

陶磁器を戻した影山は、軽く頷くと店の奥へと進んだ。

「ＥＷ北京保険って、合言葉か？」

朝倉は小声で尋ねた。

「ＥＷは、中央統戦部、ＦＺなら聯合参謀部を意味する。北京保険は〝安全的家〟の共通の合言葉だ。たまにこだわりがある〝安全的家〟は、長崎新地のように独自の合言葉を使う」

影山も囁くように答えた。

階段を上り、二階廊下の途中にある赤いドアを影山はノックした。

「どうぞ」

嗄《か》れた男の声がする。

影山はドアを乱暴に開けて入った。朝倉はそれに倣って音を立ててドアを閉める。

二十平米ほどの煤《すす》けた部屋の片隅にある小さな机で仕事をしていた男が、驚いて顔を上げた。部屋の中央には、不釣り合いな革張りの立派なソファーが大理石のテーブルを挟んで置かれている。

「私は、中央統戦部の林波、彼は馬振東だ」

影山は威圧的に言うと、ソファーに座った。朝倉はあえてドア横に立ち、壁にもたれかかった。交渉は影山に任せるのだ。

「林波先生に馬振東先生、噂は伺っております。私は当安全的家の主人、許高芳《キョコウホウ》です」

許高芳は立ち上がると、林波はともかく朝倉の顔を見て大きく頷いた。馬振東だと思っているに違いない。

「我々のことを何か聞いているのか？　遠慮なく言ってくれ。どこかで情報が漏れていたら困るからな」

影山は、優しい口調になった。林波の年齢は三十九歳のため、紅龍に変装している時よりも声は若々しい。しかも、林波が生きている時に声を聞いているため似せているという。影山がこれまで諜報の世界で生きてこられたのは、変幻自在の顔と声を持っているからだろう。

「なるほど、情報のチェックにいらしたのですね。中央統戦部の方は、専用の〝安全的家〟か大使館をお使いになると聞いています。我々に情報が入ってくることはありませんので、どうぞご安心ください」

許高芳は笑顔で答えた。

「我々は大使館を使わない。専用の〝安全的家〟の情報は何か知っているはずだ」

影山は許高芳の机の上のノートＰＣを指さした。

「いえ、お見せするわけには……」

許高芳は上目遣いで首を振った。影山の策略にすでに乗せられている。情報はあると答えたようなものだ。

「どこまで情報が伝わっているか知りたいのだ」

立ちがった影山はポケットから百ドル紙幣の束を出すと、机の上に載せた。束の厚さから一万ドルあるだろう。

「こっ、これは」

許高芳は札束と影山の顔を交互に見ている。

「見せてくれれば、情報が漏れていることは誰にも言わない。我々は今後の参考にするまでだ。小遣い稼ぎだと単純に思えばいい」

影山はにこりと笑った。口止め料ということだ。

「分かりました」

札束を机の引き出しに仕舞った許高芳は、ノートＰＣのキーボードを叩き、影山に見えるようにノートＰＣをこちらに向けた。

「まいったな。〝サウザンポイント〟だけじゃなく、職員の名前まで漏れているのか。どこから、この情報を得たのだ？」

影山はノートPCを見ながら大きな溜息を吐いた。実にうまい演技である。中央統戦部専用の〝安全的家〟をまんまと見つけ出したのだ。朝倉もそうだが、影山も画面に表示された情報はすぐに記憶するだろう。

「実は、向こうの責任者の王暁明《ワンギョウメイ》は、親が同じ福建省の出身で遠い親戚なんです」

許高芳はか細い声で答えた。

「親戚か。困ったものだ。上層部には報告しないが、日常的なこと以外で情報は交換するな」

影山は額に手を当て、大袈裟に首を横に振った。

「ありがとうございます。さきほどのお金は……」

許高芳は引き出しを開けて恨めしそうに見た。

「とっておけ。一度渡したものを返してもらうほどケチじゃないぞ。だが、今回の検査のことは、王暁明にはもちろん誰にも言ってはならない。もし、漏らしたら、今度こそ情報漏洩の罪でおまえを本国に送り返してやる」

影山は険しい表情で言った。

「はっ、はい。ありがとうございます」

許高芳は胸に手を当ててほっとしている。

「ついでと言ってはなんだが、銃を調達したい。また別の〝安全的家〟に行くのは面倒なのだ。小型の9ミリ銃は何があるか？」

影山は再びソファーに腰を下ろして尋ねた。

「はい。グロック26なら在庫があります」

「それでは、彼の分のグロック26とマガジンを三個、弾薬は百発。それにサプレッサーにヒップホルスター」

「了解しました」

許高芳は立ち上がると、背後のスチールロッカーの引き出しから三つの段ボール箱を出して影山の前のテーブルに載せた。中からグロック26とマガジン、それに弾丸の小箱を出した。別の引き出しからはサプレッサーとヒップホルスターも取り出し、テーブルの上に並べた。

影山は振り向いた。銃は自分で確認しろということなのだろう。

朝倉は銃を手に取ってスライドの動きを確認すると、マガジンに十発の銃弾を装塡して銃に収めた。ヒップホルスターのフックをベルトの背中側に差し込み、グロックを押し込む。

小さな銃で規定のマガジンでは装弾数も十発と心許ないが、ないよりましだ。二十発以上入るロングマガジンも欲しいところだが、スパイは銃撃戦を想定していないのだろう。

サプレッサーとスペアマガジン、それに予備弾丸はアタッシェケースに入れた。

「さすが慣れていらっしゃる」

許高芳が朝倉の銃さばきを見て感心している。

「世話になった」

影山は朝倉の準備が終わると、部屋を出た。

「次は？」

朝倉は通りに出ると尋ねた。

「宿の確保。腹ごしらえは後だ」

影山は周囲に気を配りながら答えた。

「了解」

朝倉もさりげなく辺りを見回しながら頷いた。

3

午後六時三十分。

朝倉と影山は、ニヴェン・ロードとウィルキー・ロードとの交差点角にある〝シタディーン　マウント　ソフィア　シンガポール〟でタクシーを降りた。チャイナタウンから三キロほど北に位置する三つ星のアパートホテルである。

朝倉は影山に続いてフロントでチェックインをすませ、エレベーターホールに進んだ。だが、影山はエレベーターホールを通り過ぎ、ホテルの裏口からニヴェン・ロードに出た。チェックインしたのは、所在を誤魔化《ごまか》すために違いない。

影山はニヴェン・ロードを北に向かって歩く。朝倉は何も聞かずに従った。必要なら彼の方から口を利くだろう。

雨は小ぶりになっている。傘をさす必要はない。

百五十メートルほど進むと、二階建ての白壁の建物が道路の両脇に立っている。低層のアパルトマンのようにも見えるが、ひっそりとしているのでゴーストタウンのようだ。

「一部は店舗になっているが、この界隈は古い住宅を改修したハウススタジオが集まっている。映画のオープンセットのようなものだ」

立ち止まった影山が、外壁の一部に掌を当てると、近くにある木製のドアの鍵が開いた。

「私の掌に埋め込まれているマイクロチップが、電子キーになっている。北欧では標準になりつつある技術だ」

影山はドアを開け、室内に入った。

「ほお」

朝倉も続いて入り、部屋を見回して頷いた。

天井からシャンデリアが吊るされ、壁には百インチのディスプレイ、部屋の中央には大きなソファーセットやグランドピアノが置かれている。生活感はなく、高級ホテルのラウンジのようだ。

「二階にベッドルームが三つある。ここなら安全だ。盗聴盗撮の心配もないし、独自の強固なセキュリティシステムで守られている」

影山は濡れたジャケットを脱ぐと、ソファーに掛けた。

「ここは誰が管理しているのだ」

朝倉もジャケットを脱ぎ、近くの椅子の背もたれに載せた。

部屋の広さは八十平米ほどあり、天井は三メートルほどの高さがある。その他にベッドルームが三つもあり、賃貸物件にしろ、個人で扱えるとは思えないのだ。

「ここは私が所有している。昨年ハウススタジオの一つが売りに出されていたので購入し、改修した。個人のセーフハウスだ。フリーの諜報員は、自分で用意しなければならないからな。もっとも新型コロナのせいで、世界中に買い得物件が増えている」

影山は涼しい顔で答えた。

「偶然、シンガポールに隠れ家を持っていたのか？」

朝倉は肩を竦め、再度室内を見回した。

「たまただが、シンガポールはアジアの拠点の一つだからだ。世界中にいくつも持っている」

「驚いた。たいした財力だな」

シンガポールだけでないのなら、何億もの金を動かせるということだ。

「私はクライアントから高額の報酬を貰うが、それだけじゃ諜報活動はできない。だから、得た情報を利用し、資金を調達している。金で買えるような情報は資産運用に使う。金で買えない情報は売買してはいけない。諜報の世界で道を踏み外さないコツだよ」

影山は自慢しているわけでもなく、淡々と言った。諜報活動で得た株や先物取引の情報で資金を稼いでいるようだ。金欲しさに諜報活動をしているのではないと言いたいのだろう。

「さすがだ」

仕事ぶりを見れば、彼が一流ということが分かるし、高い志を秘めていることも理解できた。藤堂が全幅の信頼を寄せるのも当然だろう。

「必要な情報が届いている」

影山は自分のスマートフォンを手に取ると百インチのディスプレイの電源を入れ、棚から何かを取り出して投げ渡した。

「晩飯か？」

朝倉は苦笑した。手に取ったのはチョコバーなのだ。血糖値を下げないようにするには適している。欧米の軍のレーション（戦闘食）ではよく見かける食料だ。

「人質のことを考えると、時間の猶予はないからな。画面に映っているのは、中央統戦部専用の〝安全的家〟がある〝サウザンポイント〟というオフィスビル一階の設計図とセキュリティシステム図だ。ビルはキャノメント・ロードとキャノメント・リンクの交差点角にある。連中は〝海南貿易公社〟という名義を使って、八階のウェストエリアを借りていた。このビルのセキュリティは厳しいが、すでに攻略方法は確保してある」

影山はチョコバーを食べながら説明を始めた。画面左側に設計図、右側の見取図に様々なセキュリティシステムの配置が記載されている。

「いつの間に」

朝倉は右頬をぴくりと動かした。影山はチャイナタウンで乗ったタクシーの中で、メールを打っていた。仲間に暗号メールで連絡を取って調べさせたのだろう。二十分ほど前のことだ。

「私のＩＴ担当者は二人いる。一人は昔からの馴染みで日本人、コードネームは〝マジックドリル〟。もう一人は中国人だ。どちらも優秀だ。今回は日本人を使っている。この程度の情報を調べるのに五分もいらない」

「いいのか、手の内を教えて？」

朝倉もチョコバーをかじりながら尋ねた。

「素顔も見せない私を信じる君なら信じられる。それで充分だろう。もっとも私は互いに危険を及ぼすような情報は教えない」

影山はディスプレイの映像を変えた。今度は八階の設計図とセキュリティシステム図のようだ。

「一階は中央のエレベーターホールだけで、フロントもないのか。変わった構造だな。このビルには裏も表もない。四方にドアがある。だが、セキュリティパスがなければ、エレベーターにも乗れないようだな」

朝倉は四枚の図を詳細に渡って記憶した。ビルには正面玄関という概念がないデザインになっているようだ。どこからでも一階の中心部にある円筒状のエレベーターホールに入ることができるが、エレベーターホールに入るにもセキュリティパスが必要なのだ。

「その通りだ。エレベーターに乗ってからもセキュリティパスを持っていないと、エレベーターで不法侵入だと感知されてしまう。ただ、ゲストも事前にカードを作る必要があるから、発行が簡単な磁気タイプになっている。ただし、午後八時以降は、ＩＣチップの非接触キーを持っていないと、ビルには入れない」

「八時前に侵入するにしても、磁気タイプのセキュリティパスを持っていないと駄目なのか。どうやって手に入れるんだ？」

朝倉は肩を竦めた。セキュリティパスを持った人物に付いて入ることはできないということだ。

「セキュリティデータはすでに手に入れてある。あとはカードを作成するだけだ。磁気タイプだけに簡単だ」

影山は百インチのディスプレイの脇の壁をスライドさせた。壁の後ろに六畳ほどの隠し部屋があり、ノートＰＣが載せられたワークデスクとスチール棚が現れた。影山がノートＰＣのキーボードを叩くと、脇に置かれた特殊な小型プリンターからカードが吐き出された。

「白無地カードの磁気ストライプにデータを書き込んだのか。だが、武装は俺だけということはないよな」

朝倉は磁気カードを手に取り、影山を見た。

「もちろんだ」

影山はスチール棚の上部の扉を開いた。十数丁のハンドガンが、収められている。影山はＳＩＧ Ｐ２２４ ＳＡＳを取り出した。小型だが、装弾数は十二発とグロック２６よりは多いと聞く。朝倉も実銃を見るのは初めてである。

「俺はいつでもオーケーだ」

朝倉は自分のアタッシェケースから黒のウィンドブレーカーを出した。

「出発しよう」

影山はＳＩＧ Ｐ２２４をホルスターに挿し込んだ。

4

午後七時三十五分、トヨタのアバンザが、キャノメント・ロードから〝サウザンポイント〟ビルの南側にある駐車場に入った。

アバンザはインドネシアで生産され、主に東南アジアで販売されている三列七人乗りのミニバンである。影山が入国前にレンタカー会社に手配し、〝シタディーン　マウント　ソフィア　シンガポール〟の駐車場まで届けさせておいたのだ。

運転席に影山、助手席に朝倉が乗り込んでいる。

「人質の手掛かりを探すのに、〝安全的家〟のパソコンと書類を調べる」

影山は車を降りた。

「セキュリティカードで侵入できるが、監視カメラはどうする？　ジャミングでもしているのか？」

朝倉も周囲を窺いながら助手席から出た。駐車場のゲートにも監視カメラがあったのだが、影山は気にする様子もなかったからだ。

「堂々と侵入する。私は林波に変装している。それに君は馬振東そのものだ。たとえ不審者として扱われても、怪しまれるのは我々ではないのだ」

影山は息を漏らすように笑った。

「俺が、馬振東そのものか。本人に会って話をしてみたいよ」

苦笑した朝倉は影山と並んだ。

十二階建ての〝サウザンポイント〟ビルは一階が広場のような吹きさらしになっており、中心にガラス張りの円筒形のエレベーターホールがある。二階から七階までを運送会社が使っており、八階から上は、様々な会社がテナントとして入っていた。

影山はエレベーターホールの南側の出入口横のセキュリティボックスのスリットにカードキーを差し込んだ。ドアが開き、その向こうは地下鉄の改札に似たゲートになっていた。一メートル前方にある両開きのゲートが開き、すぐ近くにカードキーが吐き出されている。

影山がカードを抜き取ると、ゲートは閉じた。朝倉も同じ要領でゲートを抜ける。数メートル先に多角形の柱があり、一つの面にエレベーターのドアが一つあった。

「今晩は。忘れ物ですか？　もうすぐ八時ですよ」

エレベーターの近くにいる警備員が挨拶してきた。八時から磁気タイプのセキュリティカードは使えなくなり、警備体制も変わるのでやんわりと注意しているのだろう。

「明日の会議で使う資料を忘れたのだ。今日は遅番かい？」

影山はエレベーターの呼び出しボタンを押した。

「ああ、あなたは〝海南貿易公社〟の社員でしたね」

警備員は朝倉と影山の顔を交互に見て言った。警備員が馬振東らの顔を知っているということは、彼らが頻繁に出入りしているのか、シンガポールを根城にしている諜報員だからだろう。

「ここだけの話だが、ブラック企業だよ」

影山は笑うと、エレベーターに乗り込む。

「だが、あなたは、いい人だ」

警備員が額を押さえて笑っている。影山の冗談が、受けたようだ。

朝倉も続けて入ると、コンソールパネル横のスリットにカードキーを挿し込んだ。すると、八階のボタンが点灯した。カードキー用のスリットは、コンソールパネル横にいくつもある。エレベーターの定員の分だけあるのだろう。影山もカードキーを差し込み、ドアの閉じるボタンを押した。

「セキュリティの厳しいビルだな。テナント料も高そうだ」

朝倉はエレベーター内の監視カメラをちらりと見て言った。

「党主席室直下だけに中央統戦部の予算は充分にある。それにシンガポールは東南アジアの拠点だ。この国を経由し、周辺国に諜報員が送られることが多いんだ」

影山は鼻先で笑った。

「なるほど」

朝倉は影山を見て苦笑した。中国の諜報機関から得られる情報と資金で、別の諜報機関の作戦を妨害している。不思議でならないのだ。

「覇権国家となった中国は、〝一帯一路〟政策で世界の秩序を変えようとしている。一方で、私に仕事を依頼した中国の要人は、今の中国指導部は人類の敵だとさえ言っている。中国の人口は十四億人、そのすべてが、害があるのではなく、むしろ一部だ。だが、その一部に国民の大半が隷属している。国民は知らずに世界の嫌われ者になっているのだ」

影山は珍しく饒舌《じょうぜつ》に語った。彼が闘っている相手はまさに中国指導部とその手先なのだろう。

「人類の敵か。俺がいつも捜査の対象にしている連中は、せいぜい市民か国民の敵だ。それほど巨悪じゃないかもな」

朝倉は笑った。影山のクライアントは、よほど中国指導部を憎んでいるらしい。

エレベーターのドアが八階で開いた。各階は四つに仕切られ、〝海南貿易公社〟は西側のエリアを借りている。八階のエレベーターホールに、人影はない。遅い時間ということもあるが、行動制限がなされて在宅勤務を呼びかけられているので出社することもないのだろう。

影山はエレベーターホールを左手に進み、〝海南貿易公社〟の正面出入口の前に立った。

ガラスドアの真上に監視カメラがある。影山は上を向いてわざと顔を見せると、入口のドアロックをカードキーで解除した。

百平米ほどの部屋がパーテーションで仕切られ、デスクが二十人分ある。奥に個室もあるらしいので、重役の部屋なのだろう。

二人はラテックスの手袋を嵌めた。

「すでにこの会社のサーバーは、マジックドリルに探らせてある。だが、めぼしい情報はなかった。ネットに繋がれていないパソコンに情報があるかもしれない。だが、誘拐した人質を拘束する場所をパソコンに入力するとは思えない。むしろ、メモ書きのような感じで住所が残されている可能性もあるだろうな。私はパソコンを調べる。君は書類だ」

影山は通路を奥へと進み、社長室と書かれたドアを開けて中に入った。隣りにもドアがあったが、会議室のようだ。

三十平米ほどの部屋の奥に机があり、壁際に本棚と書類棚がある。

「それに馬振東と林波の携帯電話が分かれば、居場所も分かるはずだ」

朝倉も社長室に侵入し、机の引き出しを調べ始める。

「このパソコンもネットに繋がっているな」

パソコンを立ち上げた影山は舌打ちすると、部屋を出て行った。ロックが掛かっていたはずだが、パスワードを簡単に破ったらしい。

「引き出しは、何もなしか」

朝倉は書類棚と本棚を調べる。

「貿易台帳か。貿易会社なら当たり前だな」

書類棚のファイルには、古い書類が閉じられている。東南アジアだけでなく、日本やオーストラリアとも貿易をしているらしい。コンテナ船や貿易品目など、詳細に記載されている。〝海南貿易公社〟は〝安全的家〟のためのダミー会社だと思っていたが、書類を見る限りはまともな商売をしているようだ。書類は最新のデータまでプリントアウトし、ファイリングされている。

「うん？」

本棚を調べていると、革張りの表装がされている本の数冊がただのカバーで中に書類が入っていることに気が付いたのだ。

「朝倉、八時になる。帰るぞ」

影山は部屋に入ってくると、書類棚の書類を次々と床に落とした。

「なるほど。林波は悪いやつだな」

朝倉もにやりとすると、書類棚の書類と本棚にあった書類をいくつか小脇に挟み、他の書類をばら撒《ま》いた。会社を荒らして馬振東らのせいにする作戦のようだ。

「もういいだろう。それは土産か？」

影山は朝倉が手にしているファイルを見て言った。

「馬振東が盗むんだ」

朝倉はファイルを掲げ、にこりと笑った。

「いい考えだ」

影山も口の端をあげて笑みを浮かべた。

5

午後八時十分。

朝倉はキャノメント・ロードに停められたアバンザの荷台に座っていた。

〝海南貿易公社〟の社長室から盗み出した書類を調べている。ハンドライトの光が、車外に漏れないように荷台にいるのだ。

「そういうことか」

朝倉は〝海南貿易公社〟が取り扱っている貿易品目を調べ、大きく頷いた。

書類棚の書類は、シンガポールの役所向け、つまり表稼業用なのだろう。一方、本棚に隠されていた書類は表稼業の書類とほぼ同じ内容だが、貿易品目に暗号が付け加えてあったのだ。いわゆる裏帳簿なのだろう。

裏帳簿の貿易品目に頻繁に〝Ｆｅ〟と記載されている。普通に考えれば、鉄の元素記号である。その輸出先の多くは米国やオーストラリアであった。中国から米国に鉄鉱石の輸出は珍しいことではないが、オーストラリアは鉄鉱石の産出国である。本棚の帳簿と照らし合わせると、医薬品と記載されていた。

そこで、近年米国で問題視されている頭文字に〝Ｆｅ〟が使われている中国からの貿易品と考えてみた。朝倉は、〝フェンタニル（Fentanyl）〟ではないかと、はたと気付いたのだ。

〝フェンタニル〟は、鎮痛効果がある合成オピオイドでモルヒネの五十倍から百倍強力と言われている。二〇一七年の記録だが、米国内で麻薬の過剰摂取で死亡したのは約七万人で、フェンタニルは約二万八千人だったという。また、その比率は年を追う毎に増えているそうだ。しかも主な供給源は中国である。

中国の厚生局は麻薬等原材料八品目、特定麻薬等原材料十二品目を定め、国内で厳しく取り締まっている。だが、その中に〝フェンタニル〟は含まれておらず、国内で堂々と製造し、米国等に密輸しているらしい。取り締まり品目に入っていないのは国家事業として厳しく管理し、国内に出回ることを防いでいるのだろう。

トランプ前大統領が中国との貿易戦争に突入した理由の一つとして、自分の支持層が多い選挙区の一つであるオハイオ州で〝フェンタニル〟の汚染が深刻だからだという。米国内では習近平が仕掛けたアヘン戦争だと、神経を尖らせているのだ。

〝海南貿易公社〟は中央統戦部の〝安全的家〟という裏の顔も持つが、そもそも密貿易の拠点という性格を持っているのだろう。通常の〝安全的家〟と違ってオフィスビルに居を構えるのは密貿易が主たる目的だと考えれば、納得できる。

「〝海南貿易公社〟は〝フェンタニル〟を米国に密輸しているようだ」

朝倉は荷台から助手席に移動して言った。

「〝フェンタニル〟。以前はメキシコ経由だったが、新たにシンガポール経由で密輸しているのか。なるほど、他の国でも中央統戦部の〝安全的家〟に潜入したことがあるが、シンガポールの〝安全的家〟が格段に立派なことに正直言って驚いていた。麻薬の密貿易が主たる任務だったとはな。中央統戦部というより、紅軍工作部が暗躍しているとしたら納得だ」

影山は大きく頷いた。

「日本国内ならこの手であの〝安全的家〟を潰してやるのに、残念だ。もっと派手に壊せばよかったな」

朝倉は暗闇に浮かぶ〝サウザンポイント〟ビルを見上げた。〝海南貿易公社〟を出る際、内部が荒らされたことがすぐに分かるように、出入口のガラスドアを蹴り抜いて破壊しておいたのだ。巡回の警備員が〝海南貿易公社〟の社員に通報することを期待してのことである。

「別に法的に潰す必要はないだろう。ビルごと爆破すればいいのだ」

運転席の影山は、真面目な顔で答えた。冗談で言ったのではないようだ。

二台の車が、〝サウザンポイント〟の駐車場に入った。

「やっと登場か」

朝倉はハンドルに載せられている影山のタブレットＰＣを見て言った。方法は聞かなかったが、〝サウザンポイント〟ビルの三十八台の監視カメラの映像がすべて映っている。タブレットＰＣの画面では、小さくコマ割りされているが、見たい映像をタッチすると拡大されるのだ。

影山は駐車場に設置してある監視カメラの映像を拡大した。二台ともベンツＳタイプである。警備員から通報を受け、〝海南貿易公社〟の社員が駆けつけてきたようだ。

シンガポールは自国で車を生産しておらず、排ガスと渋滞対策として車の輸入関税、自動車税、登録料などの諸経費を高額にしている。そのため、自家用車を所有できるのは金持ちだけと言われているのだ。ベンツのＳタイプも日本で購入する倍以上の金額になるだろう。

「馬振東はいないようだな」

朝倉は舌打ちした。二台の車から六人の男が降りてきたが、馬振東の姿はなかったのだ。

「男たちがどう出るかだ」

影山は監視映像を切り替えて男たちを追った。

「先頭の年配の男が、リーダーらしいな」

朝倉はエレベーターホールに入った男たちを見て言った。一人だけ五十歳台と年配者がおり、他の男たちに指示しているのだ。

「袁徳成《エントクセイ》、中央統戦部の中校、〝海南貿易公社〟の社長らしい」

影山はスマートフォンで電話をしながら言った。ＩＴ担当者と話しているらしい。その人物も同時に監視映像を見ているということだ。

男たちは二手に分かれ、別々にエレベーターに乗り込んだ。

「中校？　中佐クラスを社長にするというのなら、中央統戦部は〝海南貿易公社〟に相当力を入れているんだな」

朝倉は腕組みをして監視映像を見た。

「袁徳成は、怒っているな」

影山はふんと鼻息を漏らした。八階に着いた袁徳成は、会社の出入口のガラスドアが破壊されているのを見て両手を振って叫んでいるようだ。影山は、二つの画面を選んで左右に表示させていた。左は八階、右は地下一階である。

ポケットから別のスマートフォンを出した影山は、ダッシュボードの上に置いた。

――くそっ！　なんてことだ！

スマートフォンから怒声が響いた。袁徳成の声のようだ。

「オフィスの要所に盗聴器を仕掛けてきた。映像を見ていてくれ」

影山は涼しい顔で言うと、朝倉にタブレットPCを渡して車を降りた。影山は駐車場に入って行った。袁徳成らの車に追跡用のGPS発信機を取り付けるのだろう。

地下に降りた連中は、警備室に入った。監視映像を確認するはずだ。

「変わりはないか？」

影山が戻ってきた。

「だんだん面白くなってきた」

朝倉はタブレットPCを影山に返した。

――やはり、馬振東と林波の仕業か。これまで目を掛けてやったのに、何のつもりだ。二人をここに連れて来い！

警備室の手下から連絡を受けた袁徳成が、怒鳴った。

――はっ、はい！

返事をした手下が警備室から飛び出した。

影山は監視映像を切り替え、三人の男たちを追う。

男たちは非常階段を駆け上がり、ビルから駐車場に出て来ると争うように車に乗り込んだ。

「さて、道案内をしてもらおうか」

影山は駐車場から出てきたベンツを確認すると、おもむろに車のエンジンを掛けた。

フェーズ10：奪回

1

午後八時四十分。

朝倉を乗せたアバンザは、アヤ・ラジャー・エキスプレスウェイからシンガポール西部のジュロン・タウン・ホール・ロードに入った。

〝サウザンポイント〟ビルの駐車場から出たベンツSタイプを追跡しているのだ。行動規制がされており、交通量が少ない。そのため、二百メートルほど車間距離を空けているが、影山がGPS発信機をベンツの車体に取り付けたので見失う恐れはない。

「ベンツがブーン・レイ・ウェイに左折した」

朝倉は助手席でナビをしている。影山のスマートフォンの追跡アプリを見ているのだ。

「了解」

影山は左にハンドルを切ってMRT地下鉄の高架橋を潜り、ブーン・レイ・ウェイに出た。片側三車線の道路で中央分離帯に背の高い樹木が植えてある。直線が続いているため見通しが利く。影山はスピードを落とし、さらに車間距離を空けた。

二百五十メートルほど進み、ＭＲＴのチャイニーズガーデン駅を通り過ぎる。

「停まったぞ！」

右眉を吊り上げた朝倉は、声を上げた。周囲に建物はなく、道路の左側は緑地帯とチャイニーズガーデンの広い敷地があるだけだ。尾行に気付かれたのかもしれない。

「ひょっとして……」

影山は呟くと街灯を避けて路肩に停止し、ライトを消した。

「公園に入ったぞ」

スマートフォンを見ていた朝倉は首を傾げた。ベンツは緑地帯に乗り込んだのだ。

「ジュロン湖の北側の緑地が整備され、サイクリングロードができたと聞いたことがある」

影山は車を走らせた。

四百メートルほど先に小道があった。入口にバイクや車などの乗り入れを禁止する看板が立っていた。影山は構わずに車で乗り入れる。舗装されているが車がなんとか一台通れるという道幅だ。

湖に沿って左に大きくカーブを描いており、六百メートルほど進んだところにある赤い門の前にベンツが停まっていた。影山はアバンザをそのすぐ後ろに停めた。

スライド式の赤い門の片方が、半ば開いている。男たちは門の中に入ったようだ。

朝倉と影山は車を降りると、音を立てないようにドアを閉めた。

「やはりそうか。人質はチャイニーズガーデンのどこかに囚《とら》われているようだ」

影山はサプレッサーを取り付けたＰ２２４を抜くと、門を通り抜けた。

「人目を避けるには都合のいい場所だな」

門を押し広げた朝倉も、サプレッサーを装着したグロックを提げて進んだ。

チャイニーズガーデンは改修のため二〇一九年五月から休園していたが、新型コロナの流行のため改修後も休園しているのだ。チャイニーズガーデンは湖に浮かぶ島にある。庭園内には、五世紀の中国王朝様式の建物が建てられているが、建物内部までは再現されていないので、人質を長期間隠すような設備はないはずだ。だが、そのどこかに人質は囚われているに違いない。

木造の橋を渡り、島である庭園に侵入した。ブーン・レイ・ウェイから三百五十メートル以上離れているので、車の音は聞こえない。だが、時折、妙な叫び声のような鳴き声が聞こえる。マレーシアなどでは〝ゲッコー〟とよばれる〝トッケイヤモリ〟の鳴き声だろう。

三十メートルほど先で散策路は左右に分かれており、斜め前方に七重の塔がある。左右どちらも見渡しが利くが、男たちの姿はない。

「心当たりはあるのか？」

立ち止まった影山に小声で尋ねた。ベンツと距離をとっていたので、男たちが車から降りてから時間が経っているのだ。

「さて、人質を隠せそうな場所は、園内に二ヶ所ある。一つは職員の事務所がある建物、もう一つはカメの博物館だ。どっちも西側にある」

影山にも分からないようだ。

「それなら、右だな」

頷いた朝倉は、右に進んだ。

銃声。

朝倉と影山は走った。園内の照明はすべて落ちているが、雲の隙間から顔を出した月のおかげでなんとか足元は見える。

三百メートルほど走ると、朝倉は散策路脇の樹木の後ろに隠れた。追っていた三人の男たちが、二十メートル先の塀の後ろにいるのだ。

男たちは、塀の十数メートル先にある白壁の中国王朝様式の建物に向かって銃を構えている。

「公園内の他の建物と同様に一般開放されているが、一部が事務所になっている」

影山は小声で説明した。

「なるほど」

朝倉はスマートフォンで公開されている園内の見取図を見た。

島の中央には大小二つの池があり、事務所の建物はL字型になっており、その一部が池に桟橋のようにデッキを張り出している。デッキ部分は二階建てで、〝風景室〟と呼ばれる展望室になっているようだ。

「林波、馬振東！　袁中校の出頭命令に従え！　抵抗するな！」

男の一人が叫んだ。

「林波はまだ日本だ。それにどうして銃を構えている」

馬振東の声が暗闇に響いた。男たちが銃を構えて近づいたために威嚇射撃をしたのだろう。

「言い訳は出頭してからにしろ。投降しなければ、命の保証はしない」

男の一人が声を張り上げた。

「俺を殺すだと？　死ぬのはおまえらだ」

馬振東が言い返すと、銃撃してきた。

「妙なことになったな」

朝倉は苦笑した。

「あいつらが撃ち合って生き残ったやつを始末すれば、人質は簡単に救出できる」

影山は冷めた表情で言った。

「駄目だ。人質に流れ弾が当たる可能性がある。やつらが啀《いが》みあっている今が、建物に忍び込むチャンスだ。手伝ってくれ」

影山なら先に全員を殺すだろう。だが、朝倉は官憲としての立場を崩すつもりはないのだ。犯人だとしても、人権は尊重している。

「元警官は頭が硬いな。……分かったよ」

肩を竦めた影山は、渋々従った。

2

午後八時五十二分。

朝倉は大きく回り込んで、事務所がある建物のデッキが張り出す池のほとりに出た。

手すりをよじ上り、足音を忍ばせてデッキに下りる。影山も音もなくデッキに下り立った。目の前の建物は回廊になっており、ガラス張りの二階建てという構造だ。湖に張り出しているので、二階からの眺めはいいだろう。ドアには〝風景室〟と書かれており、把手《とって》がダイヤル式の南京錠でロックされていた。

一階部分は覗き込めるが、二階の様子が分からない。二階に人質がいる可能性も否定できないが、鍵を壊せば馬振東に気付かれてしまう。池と反対の廊下の突き当たりはトイレになっており、事務所部分は平屋でその右手にある。デッキの建物を調べるのは、事務所を確認してからだ。人質の確認と安全確保が優先である。

朝倉は影山にハンドシグナルで左から回るように指示すると、自分は銃を構えて廊下を右方向に進んだ。

馬振東の居場所が分からないが、銃声から考えて二、三十メートルは離れている気がする。事務所のドアは数メートル先にあり、馬振東は少なくとも建物内部ではないはずだ。

——こちら、キロー。アルファ応答せよ。

影山からの無線連絡が入った。影山のアジトに用意されていた無線機を使っている。「キロー」はフォネティックコードのKで、単純に互いに頭文字のアルファベットを使うことにした。

「こちらアルファーどうぞ」

——インセクト発見。二十数メートル先の石垣の陰にいる。今のうちに事務所を調べろ。

インセクトは虫の意味だが、馬振東のことである。建物は池に向かって勾配《こうばい》がある場所に建てられており、影山は事務所の建物横にある階段を上って行った。階段を上り切った所から石垣が見えるのだろう。三人の男たちがいた塀の対面になる。

「了解」

朝倉は廊下を進み、事務所のドアを開けて突入する。

「むっ!」

男が振り向き様に発砲した。

目の前に銃を構えた男がいる。

朝倉は横に飛び、男の胸に二発撃ち込む。

男は朝倉の顔を改めて見て、驚愕《きょうがく》の表情を見せながら倒れた。外にいるはずの馬振東に撃たれたと思ったのだろう。

朝倉はすぐさま起き上がり、倒れている男が握っている銃を蹴り飛ばすと四方に銃を向けた。他に敵はいない。男は確認もしないで、反射的に発砲したのだろう。
二十五、六平米の部屋には、デスクや棚が置かれており、いかにも事務所という雰囲気だが、料理の匂いがする。部屋の反対側にパーテーションで仕切られている一角があり、その向こうに台所があるのだろう。
朝倉はグロックを構えて奥へと進む。食材が棚に置いてあり、少々狭いが流しの隣りに二口のコンロが設置されている。コンロには食材が入った鍋が載せられており、料理中のようだ。

奥の棚の後ろから物音がした。

「武器を捨てて出て来い」

朝倉は英語と中国語で言った。

女性の声が返ってきた。ネイティブに近い英語で答えている。

「撃たないで！」

「大丈夫です。私は警官です」

朝倉は便宜上警察官だと英語で言った。

棚の陰から小柄な女性が、手を上げて出てきたが、朝倉の顔を見てギョッとしている。

「私は、馬振東に似ているそうですが、朝倉と言う正真正銘の日本人です。あなたは、内藤良子さんですね」

朝倉は銃を下ろし、日本語で話しかけた。彼女の顔は写真で確認している。

「……本当ですか？」

良子は呆然《ぼうぜん》と立ち尽くしている。

「私は日本の捜査官です。よく見てください。馬振東とは違うはずです。あなたを救出するために日本からやってきました。他の人質の場所は知りませんか？」

朝倉は出入口を気にしながら尋ねた。

「すぐ近くにある〝風景室〟に、四人の女性が監禁されています。わっ、私は食事係でここにいるのです」

口元を押さえた良子は目に涙を浮かべ、言葉に詰まりながらも答えた。気丈にも嗚咽《おえつ》を堪《こら》えているようだ。

「こちら、アルファ。キロー、応答せよ」

――キロー。アルファどうぞ。

「ターゲット1、確認。他のターゲットは、〝風景室〟だそうだ。インセクトの位置は？」

――銃声で、移動した。それに三人の男たちも移動したようだ。やつらに気を付けろ。私は展望室に向かう。

「了解」

朝倉は右手で良子に棚の後ろに隠れるように指示すると、銃を構えてドアに向かった。

今彼女と一緒に部屋を出るのは自殺行為である。

銃を構えた男が踏み込んできた。ベンツに乗ってきた男たちの一人だ。

朝倉は男の右肩を撃ち抜くと、体当たりして男を突き飛ばす。

男は二メートル後方の壁まで飛んで呻《うめ》き声《ごえ》を上げた。衝撃で肋骨《ろっこつ》を何本か折ったはずだ。

「馬振東、……貴様はお終《しま》いだ。応援を呼んだ。……この国から生きて出られると思うなよ」

男は苦しげに言った。

「くそっ」

舌打ちした朝倉は、男の顎を蹴り上げて気絶させた。馬振束に似ていることを利用して彼を見つけ出したが、それが仇《あだ》になったらしい。

朝倉は注意深く部屋の外に出た。

——キロー。アルファ応答せよ。

「アルファだ。どうした？」

——追跡してきた二人の男を排除した。一人はそっちに行ったぞ。

「こっちも片付けた」

——了解。これより、〝風景室〟に向かう。

「俺も、そっちに行く」

通信を終えた朝倉は、左手で右肩を押さえた。掌にべったりと血が付く。油断したわけではないが、最初の男に撃たれたのだ。男は反射的に発砲してきた。横に飛ばなければ、死んでいただろう。至近距離なので、銃弾は肩を貫通したはずだ。

「内藤さん、脱出しますよ」

朝倉は隠れていた良子に笑顔で言った。

3

午後九時十分。

朝倉は銃を構え、チャイニーズガーデンの散策路を急ぎ足で進む。

その後ろに内藤二等海佐の妻良子、メイベリー米海軍少佐の妻と二人の娘、米軍技術者コラレックの妻、しんがりに影山が続く。

馬振東の姿はどこにもなかった。事務所内から銃声が響いたことから、人質を奪回されたと悟ったのだろう。また、追われる身になったことで、いち早く逃走したに違いない。

最後尾の影山は、驚いたことに林波の特殊メイクを剝ぎ取っていた。しかも瞳はブルーに、見た目はラテン系の顔立ちになっている。林波の顔のままでは、人質の女性に疑われるからだろう。また、追手からも逃れることができる。

素顔に近い状態になっているため、カラーコンタクトを入れたに違いない。地顔は彫りが深くかえって目立つので、諜報員として活動するには特殊メイクが必要なのだろう。

人質だった五人の女性は、常に手錠を掛けられて監禁されていたらしい。だが、健康状態は良好である。食事の仕度は当初人質の女性が順番にしていたらしいが、良子の料理が一番評判がよかったため、彼女が料理当番になったらしい。

彼女らは馬振東と林波の二人に脅されて国外に連れ出され、シンガポールのチャイニーズガーデンに拘束されたそうだ。拉致《らち》監禁には数人の男が関わっているらしいが、中心的な役割をしていたのは馬振東と林波だったらしい。

朝倉らはチャイニーズガーデンと緑地を繋ぐ橋を渡る。

「アバンザに全員を乗せて、君が運転しろ。私はベンツに乗って別行動を取る。ベンツのＧＰＳナビゲーションの信号を彼らは必ず追ってくるはずだ」

影山は庭園の正門前に停めてある車を指さして言った。無理をすればアバンザに全員乗れるが、ゆとりがあるわけではない。だが、大使館に駆け込むというのなら、身分を明かせない彼は単独行動を取った方がいいのだろう。それに囮になるというなら願ったり叶《かな》ったりだ。

「すまないが、敵を引きつけておいてくれ」

朝倉はアバンザの後部ドアを開けて、女性たちを乗せた。

「日本大使館じゃなく、米国大使館に行くんだ」

車に乗り込もうとする朝倉に、影山は忠告した。

「うん？」

朝倉は首を捻った。

「紅軍工作部は、大使館に逃げ込むのを阻止するだろう。彼らは馬振東が亡命すると見ている。人質よりもそっちを恐れているはずだ。だが、大使館前でトラブルになった際、日本大使館で対処できるのは現地の警備員だけだ。その点、米国大使館なら海兵隊の兵士が一個小隊常駐している。それにＣＩＡとＦＢＩの駐在職員も武器を携帯しているはずだ。場合によっては、大使館の外でも彼らは対処する」

　影山は後部座席に乗り込んだ女性たちにも聞こえるように英語で説明した。米国大使館の火力は日本大使館とは比べ物にならない。それに日本は中国になめられているから、大使館を襲撃してでも人質を奪回しようとする可能性もある。

「同盟国の日本人が逃げ込んでもそれなりに対処してくれるだろうな。分かった」

　朝倉は頷くと、運転席に乗り込んだ。

「ミセス・メイベリー、それにミセス・コラレック、お二人は大使館に到着したら、大声で『米国人だ』と叫んでください。それから、未成年の君たちは、ひたすら『ヘルプ・ミー』と叫ぶんだ。米国大使館は決してあなたたちを見捨てない。内藤さん、必ず無事に日本まで送り届けます。皆さんは私を信じて指示に従ってください。いいですね」

　朝倉は後部座席の女性たちに役割を説明した。大使館に入るまで、油断はできないのだ。

「私は途中で別行動を取る。急げ」

　影山は運転席側のドアを叩いた。

「ありがとう」

朝倉は車をバックさせて緑地帯でUターンさせると、サイクリングロードに戻った。

影山もベンツに乗り込むと、同じく緑地帯でUターンさせてアバンザの後ろに付けた。倒した男たちから車のキーを手に入れていたようだ。

サイクリングロードから左折し、ブーン・レイ・ウェイに出た。中央分離帯があるため、右折できないのだ。影山のベンツは百メートル以上間隔を空けている。

三台の車が後方から急接近してきた。

——こちらキロー。アルファ応答せよ。

「アルファだ」

朝倉はバックミラーで後方を窺いながら答えた。

——ユアン・チング・ロードを左折しろ。私はそのままブーン・レイ・ウェイを突っ走る。

「了解。幸運を祈る」

朝倉は五百メートル先の交差点で左折した。赤信号だが、左折専用路があるため関係ない。

影山は赤信号を無視して交差点を猛スピードで突っ切った。後続の三台の車も交差点に侵入する。二台は交差点を通り抜けたが、最後の一台がトラックと衝突した。

「よし！　頼んだぞ」

バックミラーで交差点を見ていた朝倉は思わず右拳を握り、顔をしかめた。何食わぬ顔をしてきたが、さすがに撃たれた右肩が痛むのだ。それに止血もしていない。だが、法定速度を守りながら慎重に走る。敵に見つかってもまずいが、現地の警察に停められるのも避けたいのだ。肩の傷を見られたら、怪しまれるだけだろう。

南北に長いジュロン湖の西側を走り、アヤ・ラジャー・エキスプレスウェイに入った。大回りはしたが、このペースなら十分ほどで到着するはずだ。

米国大使館は、シンガポール外務省やオーストラリア高等弁務官事務所、ブリティッシュ・カウンシルなどの公的機関に囲まれており、植物園がある緑豊かな場所にあった。日本大使館はその六百メートルほど北にある。問題は、米国大使館の南側に中国大使館があることだろう。

中国大使館の前を通ることを避けるべく、アヤ・ラジャー・エキスプレスウェイから一本手前のポーツダウン・アベニューに入る。ここまでは何もなかった。残すところ五キロだ。

「ミスター。大丈夫ですか？」

運転席のすぐ後ろに座っているメイベリーの上の娘が話しかけてきた。年齢は十七歳のはずだが、大人びている。

助手席はコラレックの妻、二列目シートは、メイベリーの妻と娘二人、三列目シートは良子が座っていた。米国大使館ですぐに車を降りて警備員や職員に事情を説明してもらうために座席の配置は考えたのだ。

「大丈夫だよ。確か、カーラだったね。心配はないから」

朝倉は優しく答えた。

「だって、右肩、撃たれたんでしょう？　出血している」

カーラは心配げに言った。彼女は二列目シートの右端に座っているので、朝倉の肩の状態が見えたのだろう。

「この程度の傷で死ぬことはない。自慢じゃないが、これまで何度も撃たれたことがあるから分かるんだ。仕事柄、怪我は趣味みたいなものだよ」

朝倉は和ませようとわざとがさつに笑ってみたが、女性たちの顔は強張ったままだ。

車内の空気が重苦しいままポーツダウン・アベニューからクィーンウェイに入り、地下鉄のＭＲＴ東西線のアンダーパスを抜けた。シンガポールは公共交通機関が発達しており、道路もよく整備されている。それに日本と同じ左側通行なので、運転は楽だ。

しばらく走り、ホーランド・フライオーバーの立体交差で右折すべく、側道に入った。フライオーバーの高架橋を潜って右折し、側道からホーランド・ロードに進んだ。ここまで来れば、米国大使館は目と鼻の先である。

「もうすぐ、米国大使館に到着します」

朝倉の言葉に後部座席から歓声が上がった。

4

午後九時三十二分。

植物園脇のティアサル・アベニューとの交差点を過ぎ、ネピア・ロードに入る。

「うん？」

朝倉はバックミラーを見て眉を吊り上げた。対向車線をすれ違った数台のバイクと二台の車が、先程の交差点で乱暴にＵターンして来たのだ。

「全員シートベルトを確認してください」

朝倉はヒップホルスターから銃を抜き、左手に握った。右手の感覚が鈍くなってきたのだ。

二台のバイクがスピードを上げて挟み込むように並走し、同時に銃を向け発砲してきた。

「頭を下げて！　床に跪《ひざまず》くんだ」

朝倉はハンドルを切って左のバイクに体当たりすると、逆にハンドルを切って右のバイクの後ろに付け、アクセルを踏んだ。衝撃が走り、バイクに追突した。二人のライダーはバイクと共に路上に転がった。後部座席で悲鳴が上がり、メイベリー夫人が下の娘を抱きしめている。

チャイニーズガーデンに侵入したアバンザのナンバープレートを街中の監視カメラで探し当てたのだろうか。チャイニーズガーデンで倒した男が、逃げられないと忠告してきたが、脅しではなかったようだ。

数十メートル先にある中央分離帯のＵターンポイントで反対車線に入って五十メートル戻り、米国大使館に続くミドルセックス・ロードに入れば大使館のゲートがある。米国大使館はすぐそこにあるのだ。

二台の車がアバンザの右側に強引に割り込んできた。廉価な割に足回りがいいと言われている長城汽車のＳＵＶ、ＷＡＹ　ＶＶ６である。

「くそっ！」

朝倉は舌打ちをしてハンドルを左に切った。Ｕターンポイントに入ることを阻止されたのだ。アクセルを踏んで、妨害してきた車を押しのけて前に出た。途端に後ろになった車が追突してきた。朝倉らが米国大使館に逃げ込むことが分かっているのだ。

朝倉は次の交差点でサイドブレーキを踏んで右にハンドルを切った。タイヤを鳴らしてサイドターンを決め、反対車線に入る。だが、後続の二台の車もしっかりと付いてきた。

右側に回り込んできた車の助手席から銃撃してきた。後部座席から悲鳴が上がる。

朝倉は頭を下げながらグロックを右手に持ち替え、ＷＡＹ　ＶＶ６の運転席目掛けて連射した。アドレナリンのせいで肩の痛みは感じない。五、六発撃って一発が運転席の男の額に当たった。ＷＡＹ ＶＶ６は中央分離帯の柵《さく》を薙《な》ぎ倒し、反対車線に飛び出して横転した。

「持ち堪えろ！」

朝倉は自分に言い聞かせると右手でハンドルを握り、左手でマガジンキャッチを押してマガジンを抜き銃を口に咥《くわ》えた。ポケットからスペアマガジンを出すと、銃に装塡して左手で握った。右手でなんとかハンドルは握れるが、銃を正確に撃つことはできなくなったのだ。銃撃された際に右の二の腕を銃弾が掠めたらしい。

別のＷＡＹ ＶＶ６が右側面に体当たりしてきた。一瞬、助手席に袁徳成の怒りの形相が見えた。指揮官が自ら乗り出して来たようだ。

「くっ！」

右手に力が入らず、ハンドルを取られた。左のタイヤホイールが縁石を擦る。車体が一瞬持ち上がった。なんとか立て直すと、今度はアバンザを追い越したバイクのライダーが後ろ向きに銃撃してくる。銃弾はフロントウィンドウを貫いた。

朝倉はフロントウィンドウ越しに、ライダーを撃った。三発目でようやくライダーに当たる。

左手の高台に米国大使館が見えた。

当初目指していたUターンポイントを過ぎる。

グロックをダッシュボードに投げ捨てると、朝倉は両手でハンドルを握って左に切った。後輪が悲鳴を上げる。ミドルセックス・ロードに入った。後部から激しい銃撃を受ける。アクセルを踏んで、坂を一気に上った。三十メートル先の米国大使館のゲートを突き破り、ブレーキを踏んだが鉄製の門に激突して停止する。

「フリーズ！」

門の左手にあるゲートボックスから出て来た二人の警備員が、朝倉に銃を突きつけた。

「私たちは米国人です！」

コラレックとメイベリー夫人が、大声で叫んだ。

「助けて！　お願い、助けて！」

メイベリーの娘たちも泣きながら大声を出した。

「動くな！」

正門脇の出入口から続々とＭ４を構えた兵士が出て来た。

朝倉はゆっくりと、車を降りる。

五人の兵士に囲まれた。

「私は日本のスペシャル・ポリスの朝倉俊暉だ。人質だった彼女たちを救出した。米国に救援を要請する」

朝倉は正面の兵士に向かって言った。

兵士たちは車から降りた女性の中に子供もいるので、戸惑っているようだ。さすがに彼女たちに銃を向けるようなことはしていない。

「IDを見せろ!」

兵士がM4を突きつけてきた。

「人質を救出する極秘作戦のため持っていない。NCISと合同捜査をしていた。副局長のヘルマン・ハインズに確認してくれ。日本の佐世保にいる」

「本当か?」

兵士の一人が首を捻りながら朝倉のボディチェックをした。

ネピア・ロードにWAY VV6が停まっている。袁徳成が乗っている車だ。

女性たちが、抱き合って泣いている。歓喜の涙だ。彼女たちは奇跡的に無傷である。銃弾は朝倉に集中していた。人質はむしろ狙わないようにしていたのかもしれない。神がいるのなら感謝したい。そんな気持ちだ。

「俺の勝ちだ」

朝倉は、坂の下に向かって左手の中指を立てた。

WAY VV6は立ち去った。

フェーズ11：K島へ

九月十日、午後五時四十分。K島三浦《みうら》港。

朝倉は釣り道具を軽トラックの荷台に載せると、運転席に乗り込んだ。

誘拐された人質を救出して任務を終えた朝倉は、怪我の治療も兼ねて一ヶ月の休暇届けを出し、幸恵の実家であるK島へ来ていた。

天気が良ければ磯《いそ》や港の防波堤で釣りをし、天候が悪い日は家の中で本を読む。駐在警察官としてこの島で過ごしたころよりものんびりと過ごしている。

軽トラックのエンジンをかけ、島の南東にある港の駐車場を出た。軽トラックは、村の自動車修理工場から借りたレンタカーである。

朝倉は港から数分走って村道から小道に入り、突き当たりの家の前に停めた。五十坪ほどの木造の平家で、二週間前からここに一人で住んでいる。漁師の家だったが持ち主が数年前に亡くなってから空き家になっており、管理していたその親戚から借りたのだ。漁師である幸恵の祖父の紹介である。周囲は鬱蒼《うっそう》とした藪《やぶ》で民家はほとんどなく、夜ともなれば潮騒が聞こえるほど静かな場所だ。

シンガポールの米国大使館に救出した人質と共に駆け込んだ朝倉は、翌日まで拘束された。身元は大使館職員が、特捜局の局長である後藤田とＮＣＩＳのハインズに確認を取ってくれたので問題はなかった。だが、大使館に勤務するＣＩＡ職員からの事情聴取に時間が掛かったのだ。とはいえ、自国民を命懸けで救出した朝倉に、好意的な態度で対応してくれた。

朝倉はパスポートを所持していなかったが、日本大使館の計らいで職員が米国大使館まで出向いて手続きした。日本からの出国手続きだが、影山は約束通り羽田空港の出国記録を改竄《かいざん》してくれていたのだ。

朝倉は人質だった五人と一緒に二十七日に、米国のチャーター便でシンガポールを発ち、福岡空港に到着している。人質は全員佐世保の家族の元に帰った。だが、夫である内藤二等海佐やメイベリー、コラレックらは、今後裁かれることになる。

佐世保で佐野らと合流した朝倉は、一緒に東京に戻った。だが、その後の数日間は、怪我の治療どころか米国の政府関係者を交えた打ち合わせに追われた。

朝倉は仲間だけでなくＮＣＩＳのハインズらにも日本の諜報員とシンガポールに行くと言っていたが、影山の存在を明かせないため単独で救出したと報告している。影山は現地で救出した女性たちにも、存在を絶対言わないように口止めしていたのだ。

打ち合わせが長引いたのには、米国側にも思惑があった。朝倉が単独でシンガポールで救出作戦を実行したとなれば、面子《メンツ》丸潰れである。そこで、現地のＣＩＡ職員と海軍特殊部隊ネイビー・シールズが、主体となって救出したことになった。朝倉としてはどうでもいいことだが、特捜局の今後も考えて合同救出作戦ということで落ち着いた。これはマスコミ対策であるが、辻褄《つじつま》を合わせるために会議を重ねたのだ。

朝倉の単独行動に関しては、もともと誰の指示も受けずに行動できる権限を持っていたので問題視されることはなかった。もっとも、後藤田には直接話すことができなかったので、頭を下げたことは言うまでもない。

「うん？」

荷台から荷物を下ろそうとした朝倉は、家の陰に原動機付きバイクが停められていることに気が付いた。

「仕様がないな」

苦笑した朝倉は荷台から釣果《ちょうか》を収めたクーラーボックスを取り出し、玄関ではなく裏手の勝手口から入った。

「お帰りなさい。おかず釣れた？」

台所に立っていた幸恵が、振り返った。彼女にはこの家に来ることは避けるように言ってある。

「まさか一人で来たんじゃないよね」

朝倉は咎めるような口調でクーラーボックスを床に置いた。

「ちゃんと、約束は守っているわ。護衛の中村さんなら見張り小屋にいるわよ」

幸恵は肩を竦め、まな板の野菜を包丁で切り始めた。

見張り小屋とは藪を隔てた隣りの敷地に三十平米ほどの小さな家があり、今はそこに特捜局の捜査官が常駐している。今住んでいる家と同じく空き家だったところを借りたのだ。

中国政府から追われる身になった馬振東が、朝倉と家族に必ず復讐すると影山から忠告を受けていた。静養はあくまでも口実で、朝倉は馬振東に対処するため休暇を取ったのだ。

だが、それを知った後藤田が安全プログラムを発動させ、常時三人の捜査官が朝倉の護衛に就くことになった。朝倉は一人で充分だと断ったが、馬振東を逮捕するためでもある。家族の安全も優先すべきだと諭されて断れなかったのだ。

特捜局の防課と警課が週替わりに護衛に就くことになっている。二週目に入り、国松と中村と北井の三人が駐在していた。Ｋ島は釣りのポイントに苦労しない。国松と中村が勇んで任務に就いたことは言うまでもない。

また、島に来るにはフェリー、あるいは軽飛行機の便があるが、いずれも便は限られている。フェリー乗り場と飛行場には駐在警察官が立ち会うことになっており、彼らには馬振東の写真を見せて警戒にあたらせている。

人の出入りのチェックが簡単というだけでなく、朝倉は銃撃戦になる可能性も考えて都会を離れてK島を選んだ。幸恵はそれならと一緒に帰郷したのだが、彼女に常時護衛を就けて実家で寝泊まりするように言ってある。

「今日は、泊まってもいいでしょう？」

幸恵は料理を作りながら微笑んだ。

「仕方がない」

朝倉は苦笑すると、台所の出入口をチラリと見た。家の内外に五台の監視カメラがあり、映像を監視小屋の捜査官がいつも見ているのだ。迂闊《うかつ》なことはできない。下手なことをすれば、中村に揶揄《からか》われるに決まっている。

午前二時、朝倉はベッドで真っ暗な天井を見つめていた。ここに来てから、夜中に眠ることはない。昼間は呑気《のんき》に過ごしているように見せかけているだけで、いつも神経は張り詰めているのだ。

「むっ」

朝倉は飛び起きると、傍で眠っている幸恵を揺り動かした。枕元のスマートフォンが警報音を発したのだ。家の近くには何ヶ所も人感センサーを設置してある。異常があれば、監視小屋だけでなく朝倉のスマートフォンにも警報される仕組みだ。

「来たの？」

幸恵は不安げな顔をしている。

「念のためだ」

朝倉が頷くと、幸恵はベッドから下りて隣りの小部屋に入った。手製ではあるが、ドアに鉄板を貼って内部から鍵を掛けられるようにしてあるのだ。彼女のためのパニックルームである。

朝倉はズボンにグロック17を差し込み、玄関に置いてある特殊警棒を手に家を出た。

家の前の暗闇に背の高い男が立っている。ウィンドブレーカーを着込み、フードを被っていた。この時間に現れるということは、船外機付きのボートでやって来たに違いない。

「ここまで追ってくるとは、さすがだな」

朝倉は右手を振って特殊警棒の先端を伸ばした。怪我はほぼ完治している。

「よく気が付いたな」

馬振東は振り返って後ろを見た。国松と中村が銃を構えて数メートル後ろに迫っている。

「おまえをただ待っていたわけじゃない。観念しろ」

朝倉はポケットからリモコンボタンを出して押した。家の外に設置してある照明が点灯し、馬振東の姿を露《あらわ》にした。朝倉にそっくりな隻眼ではあるが、凶悪で冷酷な目付きをしている。

「気が合うな、私もそうだ。村の中心部に爆弾を仕掛けてきた。この起爆装置のボタンでプラスチック爆弾が爆発する。四、五十人はあの世行きだ」

馬振東は右手に何かを握って笑った。

「何！」

朝倉は右手を上げ、国松らに近付かないように合図した。

「おまえのせいで私は、国を追われる身になった。いずれ殺されるだろう。私の希望はただ一つ。朝倉、おまえを道連れにすることだ」

馬振東は人差し指を立てて言った。

「それならお互い武器を捨てて、心ゆくまで闘おう。他人を道連れにする必要はないだろう」

朝倉はあっさりと特殊警棒と銃を投げ捨てた。

「……いいだろう。殴り殺してやる」

馬振東は右手に握っていた起爆装置を近くに放り投げると、いきなり殴りかかってきた。

素早い攻撃に、朝倉はバランスを崩した。馬振東の強烈な左右のパンチに、腕が痺《しび》れる。

「ぐっ！」

パンチは避けたが前蹴りを食らった朝倉は、跪いた。

「死ね！」

馬振東は背後から覆い被さるように首を絞めてきた。

朝倉は馬振東の右手の人差し指を握り、捻りながら勢いよく立ち上がった。鈍い音がする。

「げっ！」

指を折られた馬振東は、呻き声を上げて離れた。

朝倉はすかさず、左右のパンチを入れる。

「くっ！」

眉間に皺を寄せた朝倉は、左腕を押さえた。パンチを避けられた瞬間に痛みを感じたのだ。馬振東の左手にいつの間にかナイフが握られていた。

「おまえを殺すと言っただろう」

馬振東はナイフを縦横に振った。ナイフは容赦なく、朝倉の胸や腹を切り裂く。だが、間合いは見切っているので、いずれも浅い。

「ふん」

鼻で笑った朝倉はナイフをかわし、渾身《こんしん》の右パンチを馬振東の顔面に叩き込んだ。

馬振東は一回転して地面に転がった。普通の人間なら気絶する。

「かかってこい、朝倉！」

頭を振った馬振東は、いつの間にか起爆装置を握っていた。倒れた拍子に拾ったようだ。

「むっ」

朝倉は眉を吊り上げた。馬振東のウィンドブレーカーの胸元からリード線が見えたのだ。

馬振東が飛びかかってきた。

朝倉はその鳩尾《みぞおち》を蹴り抜き、背後に飛んだ。

「げっ！」

白目を剝《む》いて背中から転がった馬振東が爆発した。

「うーむ」

朝倉は耳に手を当てて口を大きく開けた。爆発のショックで耳がおかしくなったのだ。

リード線から自爆装置を疑って正解だった。

「大丈夫ですか！」

国松と中村が駆け寄って来た。

「なんとかな」

中村の手を借りて立ち上がった朝倉は苦笑した。

「村じゃなくて、自分を爆破したんですね」

中村は馬振東の死体を見て首を横に振った。

「爆発力が弱くて助かりましたね」

国松が安堵《あんど》の溜息を漏らした。

「俺を道連れにするだけで充分だったのだろう」

同じ顔をした男の亡骸《なきがら》を見て、複雑な心境になった。国のためと汚れ仕事をしてきた彼は、結局国に見捨てられて追われたのだ。死を選ぶ他なかったのだろう。そういう意味では彼も犠牲者かもしれない。同情するつもりはないが、なんとも哀れである。

「俊暉！」

幸恵が家から飛び出して来た。

「すまない。もう大丈夫だ」

朝倉は幸恵を抱き締めた。

この作品はフィクションで、実在する個人、団体等とは一切関係ありません。

『紅の墓標　オッドアイ』二〇二二年三月　中央公論新社

中公文庫

紅《くれない》の墓標《ぼひょう》

——オッドアイ

2024年2月25日　初版発行

著　者　渡《わた》辺《なべ》裕《ひろ》之《ゆき》

発行者　安部順一

発行所　中央公論新社

〒100-8152　東京都千代田区大手町1-7-1
電話　販売 03-5299-1730　編集 03-5299-1890
URL https://www.chuko.co.jp/

DTP　ハンズ・ミケ
印　刷　大日本印刷
製　本　大日本印刷

Published by CHUOKORON-SHINSHA, INC.
Printed in Japan　ISBN978-4-12-207488-0 C1193

各書目の下段の数字はISBNコードです。978－4－12が省略してあります。

中公文庫既刊より

わ-24-1
叛逆捜査　オッドアイ　渡辺裕之
捜一の刑事・朝倉は自衛官の首を切る猟奇殺人事件を捜査していた。古巣の自衛隊と米軍も絡み、国家間の隠蔽工作が事件を複雑にする。新時代の警察小説登場。
206177-4

わ-24-2
偽証　オッドアイ　渡辺裕之
サバイバル訓練中の死亡事故を調べるため、自衛隊特戦群出身の捜査官・朝倉は離島勤務から召還される。ミリタリー警察小説、第二弾。
206341-9

わ-24-3
斬死　オッドアイ　渡辺裕之
グアム米軍基地で続く海兵連続殺人事件。NCISから召還された朝倉は、異国で最凶の殺人鬼と対決する。自衛隊出身の捜査官「オッドアイ」が活躍するシリーズ第三弾。
206510-9

わ-24-4
死体島　オッドアイ　渡辺裕之
虫が島沖で発見された六つの死体。謎の孤島に単身潜入した元・自衛隊特殊部隊の警察官・朝倉に襲い掛かる影の正体は⁉「オッドアイ」シリーズ第四弾。
206684-7

わ-24-5
殺戮の罠　オッドアイ　渡辺裕之
次々と謎の死を遂げるかつての仲間。陸自最強メンバーがなぜ。自衛隊出身の警察官・朝倉が〝特別強行捜査班〟を結成し捜査にあたる。人気シリーズ第五弾。
206827-8

わ-24-6
砂塵の掟　オッドアイ　渡辺裕之
米軍居住地で発見された生首。捜査に向かう朝倉の前に日米地位協定という厚い壁が立ちはだかる。元自衛官の警察官が活躍する、人気シリーズ最大の問題作！
207024-0

わ-24-7
死の陰謀　オッドアイ　渡辺裕之
自衛隊・特戦群時代の親友、田村がスリランカで行方不明⁉ 同日に起きたテロと誘拐。二つの事件は偶然なのか、それとも――。人気シリーズ第七弾！
207186-5

わ-24-8
血の代償 オッドアイ 渡辺裕之
連続米兵殺害事件は始まりに過ぎなかった……。朝倉率いる最強の捜査機関は負の連鎖を止められるか。自衛隊出身の捜査官が活躍する、シリーズ第八弾！
207330-2

こ-40-16
切り札 トランプ・フォース 今野敏
対テロ国際特殊部隊「トランプ・フォース」に加わった元商社マン、佐竹竜。なぜ、いかにして彼はその生き方を選んだか。男の覚悟を描く重量級バトル・アクション第一弾。
205351-9

こ-40-17
戦場 トランプ・フォース 今野敏
中央アメリカの軍事国家・マヌエリアで、日本商社の支社長が誘拐された。トランプ・フォースが救出に向かうが、密林の奥には思わぬ陰謀が⁉ シリーズ第二弾。
205361-8

こ-40-24
新装版 触発 警視庁捜査一課・碓氷弘一1 今野敏
朝八時、霞ヶ関駅で爆弾テロが発生、死傷者三百名を超える大惨事に！ 内閣危機管理対策室は、捜査本部に一人の男を送り込んだ。「碓氷弘一」シリーズ第一弾、新装改版。
206254-2

こ-40-25
新装版 アキハバラ 警視庁捜査一課・碓氷弘一2 今野敏
秋葉原を舞台にオタク、警視庁、マフィア、中近東のスパイまでが入り乱れるアクション&パニック小説。「碓氷弘一」シリーズ第二弾、待望の新装改版！
206255-9

こ-40-26
新装版 パラレル 警視庁捜査一課・碓氷弘一3 今野敏
首都圏内で非行少年が次々に殺された。いずれの犯行も瞬時に行われ、被害者は三人組で、外傷は全くないという共通項が。「碓氷弘一」シリーズ第三弾、待望の新装改版。
206256-6

こ-40-20
エチュード 警視庁捜査一課・碓氷弘一4 今野敏
連続通り魔殺人事件で誤認逮捕が繰り返され、捜査は大混乱。ベテラン警部補・碓氷と美人心理調査官・藤森のコンビが真相に挑む。「碓氷弘一」シリーズ第四弾。
205884-2

こ-40-21
ペトロ 警視庁捜査一課・碓氷弘一5 今野敏
考古学教授の妻と弟子が殺され、現場には謎めいた古代文字が残されていた。碓氷警部補は外国人研究者を相棒に真相を追う。「碓氷弘一」シリーズ第五弾。
206061-6

各書目の下段の数字はISBNコードです。978－4－12が省略してあります。

こ-40-33
マインド 警視庁捜査一課・碓氷弘一6 今野 敏
殺人、自殺、性犯罪……。ゴールデンウィーク最後の夜に起こった七件の事件を繋ぐ意外な糸とは？ 藤森紗英も再登場！ 大人気シリーズ第六弾。
206581-9

と-25-14
神の領域 検事・城戸南 堂場瞬一
横浜地検の本部係検事・城戸南は、ある殺人事件の真相を追ううちに、陸上競技界全体を蔽う巨大な闇に直面する。あの「鳴沢了」も一目置いた検事の事件簿。
205057-0

と-25-15
蝕罪 警視庁失踪課・高城賢吾 堂場瞬一
警視庁に新設された失踪事案を専門に取り扱う部署・失踪課。実態はお荷物署員を集めた窓際部署だった。そこにアル中の刑事が配属される。〈解説〉香山二三郎
205116-4

と-25-16
相剋 警視庁失踪課・高城賢吾 堂場瞬一
「友人が消えた」と中学生から捜索願が出される。親族以外からの訴えは受理できない。その真剣な様子にただならぬものを感じた高城は、捜査に乗り出す。
205138-6

と-25-17
邂逅 警視庁失踪課・高城賢吾 堂場瞬一
大学職員の失踪事件が起きる。心臓に爆弾を抱えながら鬼気迫る働きを見せる法月。その身を案じつつも捜査を続ける高城たちだった。シリーズ第三弾。
205188-1

と-25-19
漂泊 警視庁失踪課・高城賢吾 堂場瞬一
ビル火災に巻き込まれ負傷した明神。鎮火後の現場からは身元不明の二遺体が出た。傷ついた仲間のため、高城は被害者の身元を洗う決意をする。第四弾。
205278-9

と-25-20
裂壊 警視庁失踪課・高城賢吾 堂場瞬一
課長査察直前に姿を消した阿比留室長。荒らされた部屋を残して消えた女子大生。時間がない中、二つの失踪事件を追う高城たちは事件の意外な接点を知る。
205325-0

と-25-22
波紋 警視庁失踪課・高城賢吾 堂場瞬一
異動した法月に託されたのは、五年前に事故現場から失踪した男の事件だった。調べ始めた直後、男の勤めていた会社で爆発物を用いた業務妨害が起こる。
205435-6

と-25-24
遮断 警視庁失踪課・高城賢吾 堂場瞬一
六条舞の父親が失踪。事件性はないと思われたが、身代金要求により誘拐と判明、高城達は仲間の危機に立ち上がる。外国人技術者の案件も持ちこまれ……。
205543-8

と-25-28
牽制 警視庁失踪課・高城賢吾 堂場瞬一
娘・綾奈を捜し出すと決意した高城とサポートする仲間たち。そこに若手警察官の失踪と入寮を控えた高校球児の失踪が立て続けに起こる。
205729-6

と-25-29
闇《あん》夜《や》 警視庁失踪課・高城賢吾 堂場瞬一
葬儀の後、酒浸りの生活に戻った高城は、幼い少女の失踪事件の現場に引き戻される。被害者の両親をかつての自分に重ねあわせ、事件と向き合おうとするが……。
205766-1

と-25-30
献心 警視庁失踪課・高城賢吾 堂場瞬一
娘の死の真相を知る――決意した高城に、長野が新たな目撃証言をもたらす。しかし聴取後、目撃者が高城たちに抗議してきて……。人気シリーズついに完結。
205801-9

と-25-32
ルーキー 刑事の挑戦・一之瀬拓真 堂場瞬一
千代田署刑事課に配属された新人・一之瀬。起きる事件は盗難ばかりというビジネス街で、初日から若い男性が被害者の殺人事件に直面する。書き下ろし。
205916-0

と-25-33
見えざる貌 刑事の挑戦・一之瀬拓真 堂場瞬一
千代田署刑事課そろそろ二年目、一之瀬拓真。管内で女性ランナー襲撃事件が発生し、捜査に加わるが、なぜか女性タレントのジョギングを警護することに⁉
206004-3

と-25-35
誘爆 刑事の挑戦・一之瀬拓真 堂場瞬一
オフィス街で爆破事件発生。事情聴取を行った一之瀬は、企業脅迫だと直感する。昇進前の功名心から担当を名乗り出るが……。〈巻末エッセイ〉若竹七海
206112-5

と-25-37
特捜本部 刑事の挑戦・一之瀬拓真 堂場瞬一
公園のゴミ箱から、切断された女性の腕が発見される。その指には一之瀬も見覚えのあるリングが……。捜査一課での日々が始まる、シリーズ第四弾。
206262-7

各書目の下段の数字はISBNコードです。978-4-12が省略してあります。

と-25-40 奪還の日 刑事の挑戦・一之瀬拓真 堂場瞬一

都内で発生した強盗殺人事件の指名手配犯を福島県警から引き取り、駅へ護送中の一之瀬ら捜査一課の刑事たちが襲撃された！ 書き下ろし警察小説シリーズ。

206393-8

と-25-42 零れた明日 刑事の挑戦・一之瀬拓真 堂場瞬一

一世を風靡したバンドのボーカルが社長を務める、芸能事務所の社員が殺された。ストーカー絡みの犯行、という線で捜査を進めていた特捜本部だったが……。

206568-0

と-25-45 新装版 雪虫 刑事・鳴沢了 堂場瞬一

俺は刑事に生まれたんだ——鳴沢了は、湯沢での殺人と五十年前の事件の関連を確信するが、署長である父は彼を事件から遠ざける。〈解説〉宇田川拓也

206821-6

と-25-46 新装版 破弾 刑事・鳴沢了 堂場瞬一

警視庁にやってきた了は署内で冷遇を受ける女性刑事・冴と組む。心に傷を抱えた二人が今、最高のコンビとして立ち上がる。〈解説〉沢田史郎

206837-7

と-25-47 新装版 熱欲 刑事・鳴沢了 堂場瞬一

青山署の刑事として現場に戻った了。詐欺がらみの連続傷害殺人事件に対峙する了の捜査は、NYの中国人マフィアへと繋がっていく。シリーズ第三弾。

206853-7

と-25-48 新装版 孤狼 刑事・鳴沢了 堂場瞬一

行方不明の刑事と不審死した刑事。遺体の手には「鳴沢了」と書かれたメモ——最強のトリオで警察内に潜む闇に挑め。シリーズ第四弾。〈解説〉内田俊明

206872-8

と-25-49 新装版 帰郷 刑事・鳴沢了 堂場瞬一

殺人事件の被害者遺族に依頼された、父が遺した未解決事件の再調査。「捜一の鬼」と呼ばれた父を超えるため、了は再び故郷に立つ。〈解説〉加藤裕啓

206881-0

と-25-50 新装版 讐雨 刑事・鳴沢了 堂場瞬一

爆破事件に巻き込まれた了。やがて届く犯行声明。爆弾魔の要求は世間を騒がせた連続幼女誘拐犯の釈放であった。大人気シリーズ第六弾。〈解説〉内田 剛

206899-5

と-25-51
新装版 血烙 刑事・鳴沢了 堂場瞬一
恋人の子・勇樹が誘拐された。背後に揺れる大物マフィアの影。異国の地を駆ける了が辿り着いた事件の哀しき真相とは。シリーズ第七弾。〈解説〉安西京子
206909-1

と-25-52
新装版 被匿 刑事・鳴沢了 堂場瞬一
西八王子署管内で代議士が不審死。ろくな捜査もせず警察は事故と断じる。苛立つ了のもとに地検から秘密裏に協力の要請が。シリーズ第八弾。〈解説〉狩野大樹
206924-4

と-25-53
新装版 疑装 刑事・鳴沢了 堂場瞬一
保護した少年が失踪。やがて彼の父親がひき逃げ事件を起こしたことが判明した。少年を追う了を待つ衝撃の事実とは。シリーズ第九弾。〈解説〉倉田裕子
206934-3

と-25-54
新装版 久《く》遠《おん》（上） 刑事・鳴沢了 堂場瞬一
ターゲットは、鳴沢了。何者かに殺人の濡れ衣を着せられた了。潔白を証明するため、一人、捜査に乗り出すのだが……。刑事として生まれた男、最後の事件。
206977-0

と-25-55
新装版 久遠（下） 刑事・鳴沢了 堂場瞬一
謎の符号「ABC」の正体を掴むも捜査は行き詰まる。闘い続けた男の危機に仲間たちが立ち上がる。全てを操る黒幕の正体とは？ 警察小説の金字塔、完結。
206978-7

と-25-56
新装版 七つの証言 刑事・鳴沢了外伝 堂場瞬一
冴、海、勇樹、そして高城。了に関わる七人の目を通して描く「刑事として生まれた男」の真実とは。著者最大の人気シリーズ唯一の短編集。〈解説〉大矢博子
206991-6

と-26-9
SRO Ⅰ 警視庁広域捜査専任特別調査室 富樫倫太郎
七名の小所帯に、警視長以下キャリアが五名。管轄を越えた花形部署のはずが——。警察組織の盲点を衝く、連続殺人犯を追え！ 新時代警察小説の登場。
205393-9

と-26-10
SRO Ⅱ 死の天使 富樫倫太郎
死を願ったのち亡くなる患者たち、解雇された看護師、病院内でささやかれる『死の天使』の噂。SRO対連続殺人犯の行方は。待望のシリーズ第二弾！ 書き下ろし長篇。
205427-1

各書目の下段の数字はISBNコードです。978－4－12が省略してあります。

と-26-11　SRO Ⅲ キラークィーン　富樫倫太郎

SRO対〝最凶の連続殺人犯〟、因縁の対決再び!! 東京地検へ向かう道中、近藤房子を乗せた護送車は裏道へ誘導され——。大好評シリーズ第三弾、書き下ろし長篇。

205453-0

と-26-12　SRO Ⅳ 黒い羊　富樫倫太郎

SROに初めての協力要請が届く。自らの家族四人を殺害して医療少年院に収容され、六年後に退院した少年が行方不明になったというのだが——。書き下ろし長篇。

205573-5

と-26-19　SRO Ⅴ ボディーファーム　富樫倫太郎

最凶の連続殺人犯が再び覚醒。残虐な殺人を繰り返し、日本中を恐怖に陥れる。焦った警視庁上層部は、SROの副室長を囮に逮捕を目指すのだが——。書き下ろし長篇。

205767-8

と-26-35　SRO Ⅵ 四重人格　富樫倫太郎

不可解な連続殺人事件が発生。傷を負ったメンバーが再結集し、常識を覆す新たなシリアルキラーに立ち向かう。人気警察小説、待望のシリーズ第六弾！

206165-1

と-26-36　SRO episode0 房子という女　富樫倫太郎

残虐な殺人を繰り返し、SROを翻弄し続けるシリアルキラー・近藤房子。その生い立ちとこれまでが、ついに明かされる。その過去は、あまりにも衝撃的！

206221-4

と-26-37　SRO Ⅶ ブラックナイト　富樫倫太郎

東京拘置所特別病棟に入院中の近藤房子が動き出す。担当看護師を殺人鬼へと調教し、ある指令を出すのだが——。累計60万部突破の大人気シリーズ最新刊！

206425-6

と-26-39　SRO Ⅷ 名前のない馬たち　富樫倫太郎

相次ぐ乗馬クラブオーナーの死。事件性なしとされるも、どの現場でも人間と同時に必ず馬が一頭逝っている事実に、SRO室長・山根新九郎は不審を抱く。

206755-4

と-26-45　SRO Ⅸ ストレートシューター　富樫倫太郎

ついに1stシーズン完結⁉ 悪魔的な連続殺人鬼・近藤房子、最後の闘い。怒濤の結末を見逃すな、大人気シリーズ第9弾！ 文庫書き下ろし。

207192-6